Free Worker
Folder

Free Worker
Folder

by smallbrander

I ✈ became ✋

Independent.

Free Worker

Free Work

IMPORTANT

INBOX

스타트업 퇴사에서 프리 워커로,

그리고 나만의 브랜드를 만들기까지

1년의 기록

김시내 최수현 지음

by smallbrander

사 직 서

소속 :

직위 :

성명 :

사직 사유 :

언젠가는 회사를 떠날 당신을 위한 뉴스레터

퇴사합니다.
독립하려고요.

상기인은 위 사유로 인하여 사직하고자

이에 사직서를 제출합니다.

small letter

I Fired Myself.

좋아하는 일로 먹고사는 삶

내가 원하는 시간에

내가 선택한 사람들과 일하는 삶.

꿈꿔본 적 있나요?

내가 원하는 삶을 살기 위해

내 마음에 드는 내가 되기 위해

환경을 바꾸고 현재를 변화시킨

저희의 이야기를 들려드릴게요.

당신을 위한 뉴스레터

'퇴사합니다. 독립하려고요.'를 구독하시겠어요?

구독하기

언젠가 퇴사할 우리들에게

(시내) 오후 3시에 연남동 거리를 산책하고 있으니 문득 신기해요. 우리가 1년 전에 원했던 게 지금의 이런 삶 아닐까요?

(수현) 그러게요. 1년 전만 해도 상상하지 못했잖아요. 저희 참 용기 있었네요.

(시내) 그런데 회사를 나온 후 겪은 어려움들을 다 알았다면 퇴사했을까요? 수현 님은 혹시 후회할 때 있나요?

(수현) 후회하진 않아요. 그 과정에서 저라는 사람이 어떤 환경에서 일을 잘할 수 있는지 알게 되었거든요. 혼자 일하는 게 더 편한 사람이라고 생각했는데 다른 사람들과의 협업을 좋아한다는 것도 알았고요. 시내 님처럼 숲을 보는

사람에게 나무 보는 역할을 할 수 있는 사람이란 것도요. 회사에 계속 다녔다면 다른 사람의 평가로 저를 정의했을 것 같아요. 시내 님은 후회하나요?

(시내) 아뇨! 저는 퇴사 전에는 불안감이 너무 커서 확신을 갖기까지 오래 걸렸잖아요. 그런데 오히려 독립 후에는 생각이 더 단단해졌어요. 전 다시 돌아가도 같은 선택을 할 거예요. 처음부터 확신을 갖고 퇴사할 사람은 없지만, 과정에서 더 확신을 얻어가는 것 같아요.

(수현) 그럼, 독립해서 가장 좋은 점은 뭐였나요?

(시내) 넓은 세상에 놓여 있다는 게 불안하지만, 그만큼 가능성이 무한대라서 실패해도 툭툭 털고 일어날 수 있다는 것요. 회사에서는 낮은 평가를 받으면 다시 시도할 기회를 얻기까지 시간이 걸리지만, 저는 몇백 번이고 저 자신에게 기회를 줄 수 있어요. 수현 님은요?

(수현) 저는 함께 일하는 사람을 제가 선택할 수 있다는 점이 가장 좋아요. 서로의 능력을 존중하고, 서로 노력하고 있다는 것을 알아주는 사람들과 일하니까 사람 스트레스 없이 오직 결과물만 생각할 수 있더라고요. 이렇게 평

일과 주말 상관없이 자유롭게 일하는 시간을 선택해서 일할 수 있는 것도 좋고, 나의 노력이 온전히 나의 성장을 위한 일이라는 것도 감사하고요. 시내 님은 주변에 독립을 적극 추천하나요?

(시내) 음… 아뇨. 지금도 1년 후 우리가 어떤 모습일지 잘 떠오르지 않아요. 그래서 섣불리 퇴사를 추천하기는 어려워요. 다만 1년이 지나니 어떻게든 길을 찾아나갈 수 있겠다는 확신이 생기긴 했어요. 누군가 독립을 고민하고 있다면 1년만 시도해보기를 권하고 싶어요. 그리고 그 선택에 도움을 주는 방법들을 추천할 수 있다면 좋겠어요. 저희가 직접 경험해보고 효과가 있었던 것들 있잖아요.

(수현) 맞아요. 퇴사를 선택하기까지, 그리고 퇴사한 후에도 시도한 것들이 참 많았어요. 우리 이런 이야기를 뉴스레터로 써보면 어떨까요? 저희의 경험이 누군가에겐 도움이 되지 않을까요?

(시내) 너무 좋은 생각이에요. 천재, 천재!

Contents

NEW +2

by smallbrander

회사 이름 없이 나를 소개할 수 있을까?

NEW +3

by smallbrander

회사 밖에서 잘 살고 있냐고 물으신다면

NEW +1

IMPORTANT

INBOX +1

SENT

by smallbrander

small letter

지금 나는 잘 살고 있는 걸까요?

Scroll

4시간만 일하는 삶

반갑습니다. 저는 시내라고 해요. 첫 번째 레터를 쓰게 되어 설렙니다. 독자님도 마찬가지일 것 같지만, 지금까지 저는 정말 바쁘게 살았던 것 같아요. 대학생 때도 언제나 20학점 넘게 꽉꽉 채워 들으면서 대외 활동에 학과 생활까지 열심히 해야 하는 욕심쟁이였거든요. 누가 강요한 것도 아닌데 다들 그렇게 사니까 나도 그래야만 할 것만 같은 분위기 있잖아요. 취업을 준비할 때도, 입사한 후에도 얼마나 혹독하게 나 자신을 괴롭혔는지 몰라요. 그래도 원하던 회사에 취업했다는 이유로 과거에 열심히 살았던 것을 보상받았다고 생각했어요. 경쟁 사회에서 살아남기 위해 과거에 자신을 괴롭힌 결과가 현재의 나를 만들었다고 할까요.

그런데 이게 정말 제가 원하는 삶일까요?

어느 날 문득 제가 원하는 삶은 어떤 모습인지 고민하게 됐어요. 제 안에는 끊임없이 성장을 갈구하는 마음과 여유로운 삶에 대한 동경이 공존했거든요. 성장과 여유가 반대말이라고 생각하지 않지만, 성장과 여유라는 두 마리의 토끼를 잡고 싶은 바람이 있었습니다. 아침에 일어나 제가 하고 싶은 일을 할 수 있는 자유를 갖고 싶고, 동시에 제가 사랑하는 것들에 충실하고 싶었어요. 누군가는 너무 여유로운 생각이라고 비난할 수도 있어요. 다소 이상적이라고 생각할 수도 있고요. 그래도, 제 이야기를 한번 들어보실래요?

최근에 넷플릭스에서 〈에밀리, 파리에 가다〉라는 드라마를 보았어요. 미국인 에밀리가 파리에서 겪은 여러 사상 차이를 다룬 드라마예요. 초반에는 파리 사람들이 되게 게으르고 상식 밖의 사람들처럼 그려져서 에밀리가 캔디 캐릭터처럼 울지 않고 꿋꿋하게 어려움들을 이겨내는 걸 응원하게 되지만, 파리 사람들이 예술과 삶을 대하는 방식이 현대인들에게 시사하는 바가 컸어요. 에밀리의 직장 동료는 의욕이 넘치는 에밀리에게 이렇게 말해요.

미국인들은 균형 감각이 잘못됐어요. 일하기 위해 살잖아요. 우린 살기 위해 일해요.

드라마 〈에밀리, 파리에 가다〉

워라밸은 마음의 문제

일과 삶의 균형을 추구하는 '워라밸work and life balance'이라는 단어가 화두였잖아요. 열심히 일하는 것에 중독되어 있던 저는 그 단어를 좋게 생각해본 적이 없었어요. "어떻게 일과 삶을 분리할 수 있지? 그건 일에 열정이 없는 사람들의 생각이야." 이렇게 생각했어요. 그런데 최근에 나와의 시간을 가지면서, 그건 라이프life가 뭔지 모르는 사람의 생각이었다는 걸 깨달았답니다.

라이프에 속하는 것들을 나열해보면 여유가 있어야만 가능한 것들이 많아요. 가족과 보내는 시간, 읽고 싶은 책을 보는 시간, 해보고 싶은 취미를 즐기는 시간, 글을 쓰는 시간, 예술 작품을 보는 시간, 내가 뭘 좋아하는지 시도해보는 시간들! 그저 9시부터 6시까지 정해진 시간에만 일하는 게 워라밸이 있는 삶이 아니라, 내 마음에 여유가 있어야 가능한 일이더라고요.

지금까지 저는 어떻게 쉬어야 하는지 모르고 살아왔어요. 마음의 여유가 없으니 쉬는 시간조차 미래에 대한 고민으로 가득 채웠죠. 저뿐만 아니라 많은 분이 공감할 거라고 생각해요. 대학교에 가기 전에는 대학에 가야 한다는 목표, 대학생 때는 취업해야 한다는 목표, 취업해서는 인정받기 위해 노력하고 또 노력하는 삶. 좋아하는 일을 찾아서 행복한 삶을 살겠다는 생각은 이제 꿈 같은 일이 되어버렸죠. 우리가 "꿈☆은 이루어진다" 세대잖아요? 마음껏 꿈꿀 수 있다고 말하던 어른들은 어디로 갔을까요? 저는 제 아이에게 그렇게 말할 수 있을까요?

4시간 일하는 삶을 꿈꿔요

제 이상을 말해볼게요. 4시간만 일하고 나머지 시간에는 좋아하는 책을 읽고, 좋아하는 사람들과 좋아하는 음식을 먹고, 사랑하는 내 강아지 재롱이와 온전히 시간을 보내고 싶어요. 원할 때는 엄청 집중해서 일에 몰두하더라도 대부분의 시간에 회사 밖의 다양한 삶을 구경하고, 코로나가 끝나면 다른 세상으로 여행을 가서 영감을 받는 그런 삶을 살고 싶어요. 즉, 가장 본질적으로 자유롭고 동시에 치열한 삶을 살고 싶답니다.

4시간만 일하면서 무슨 일을 할 수 있겠냐고 생각할 수도 있어요. 저에게 '4시간'은 상징적인 숫자예요. 4시간만 일해도 '되는' 삶인 거죠. 더 하고 싶으면 자유롭게 제 의지대로 할 수 있고요! 불가능하다고요? 언젠간 가능하지 않을까요.

누구도 하루 4시간 이상 일하도록 강요받지 않는 세상에서는 과학적 호기심에 사로잡힌 사람이라면 누구든 그 호기심을 맘껏 탐닉할 수 있을 것이고, 어떤 수준의 그림을 그리는 화가는 배곯지 않고 그림을 그릴 수 있을 것이다. 또한 젊은 작가들은 기념비적인 대작을 내는 데 필요한 경제력을 확보할 요량으로 감각적인 작품을 써서 주의를 끌어보려 하지 않아도 될 것이다. 사실, 마침내 대작을 쓸 수 있을 만한 상황이 되었을 때는 이미 취향과 재능이 달아나고 없는 경우가 대부분이다.

버트런드 러셀 지음, 송은경 옮김, 『게으름에 대한 찬양』(사회평론)

사실 버트런드 러셀은 게으름과는 거리가 멀게 열심히 살았던 철학자 중 한 명이에요. 책을 무려 57권이나 쓴 노벨문학상 수상자랍니다. 러셀은 이 책에서 일이 인생의 목적이 아니라는 점을 강조하며 일에 대한 강박이 얼마나 노예의 도덕인지 비판해요. 90년 전에 쓴 글인데 현재에도 와닿는다는 게 신기하지 않나요? 철학을 어려워하면서도 좋아하는 이유랍니다.

인용 글 마지막 문장에 제가 드리고 싶은 이야기가 담겨 있어요. 제가 4시간 일하며 살고 싶은 건 마음 편하게 살고 싶어서가 아니에요. 경제적 자유를 꿈꾸는 분들이 말하기를 40억을 모으면 이자만으로 살 수 있다고 하잖아요. 제 꿈은 돈 많은 백수가 아니라 평생 일을 하며 삶의 소중한 부분을 놓지 않는 거예요. 그만큼 '일'이라는 것이 제 삶의 중요한 부분이기 때문이랍니다. 그런데 어떻게 그게 가능하냐고요? 저도 아직은 모르겠어요. 일과 삶의 균형을 지키면서 일하기에는 일 욕심이 나고, 그렇다고 일만 하자니 삶의 소중한 것들이 빠져나가는 듯하고요.

하지만 현재의 저는 일이 너무 좋기 때문에 이런 고민들은 일단 미래로 미뤄두었답니다. 대신 소중한 것들을 놓치지 않으려고 필사적으로 시간을 내며 살고 있어요. 여러분도 다르지 않을 거라고 생각해요. 이런 제 이야기에 공감이 된다면 구독 버튼을 눌러주세요!

어떤 삶을 꿈꾸나요?

꿈에 대해 논하기에는 현생이 너무 지친다고요? 제가 딱 그랬답니다. 집에 도착하면 쓰러져 자거나 아무 생각도 하기 싫어서 멍때리며 있곤 했어요. 그런 저를 변화하게 한 책 두 권을 소개할게요. 꿈을 꾸기 위해서는 시간과 체력이 필요하니까요. 똑같이 주어진 24시간을 어떻게 하면 잘 쓸 수 있을까요?

『나는 4시간만 일한다』(팀 페리스 지음, 최원형/윤동준 옮김, 다른상상)

『타이탄의 도구들』을 쓴 팀 페리스의 책이에요. 4시간만 일하는 게 목표라고 하면 일하기 싫어하는 사람처럼 비춰질 수 있지만, 가장 효율적으로 살 수 있는 방법이라는 걸 알게 해주었답니다. 그 외에도 이런 사고방식을 가져야 4시간 일하는 삶을 살 수 있겠다는 걸 깨닫게 해주어서 꼭 읽어보셨으면 좋겠어요.

『마녀체력』(이영미 지음, 남해의봄날)

어디선가 "친절함과 성실함은 체력에서 온다"라는 말을 듣고 무릎을 탁! 쳤어요. 달리기와 PT를 시작한 후, 좋아진 것은 체력뿐만이 아니었어요. 더 친절하고 더 성실한 나, 더 강해진 나를 느낄 때마다 저는 한결 더 저 자신이 좋아졌어요. 운동 중요한 거 누가 모르냐고요? 시작이 어렵다는 거 저도 잘 알고 있답니다. 이 책을 읽으면 운동을 시작하고 싶어질 거예요. 정말이에요!

저도 제가 원하는 삶을 살 수 있을까요?

안녕하세요! 저는 수현이에요. 저도 적게 일하고 많이 버는 삶을 꿈꾸는 사람인지라, 지난 레터의 시내 님 이야기에 무척 공감했어요. 여유를 가지면 더 행복하게 살 수 있겠죠. 그런데 한편 그건 남들 이야기가 아닐까, 하는 생각도 들었어요. 남들은 척척 잘하는 것 같은데, 저는 그러지 못했던 적이 더 많은 것 같거든요. 저도 제가 원하는 삶을 살고 싶은데, 과연 가능할까요?

남들이나 할 수 있는 일

저는 부러운 사람이 정말 많아요. 하루에 4시간만 일해도 금전적으로 풍족한 사람, 어떤 책을 읽어도 자신만의 생각이 술술 나오는 사람, 100명 앞에서도 떨지 않고 이야기할 수 있는 사람, 인스타그램 팔로워가 1만 명이 넘어서 광고로 돈을 벌 수 있는 사람, 화장을 하지 않은 민낯이 더 빛나는 사람 등 잡지에 실린 인터뷰나 인스타그램을 보면 잘난 사람이 왜 이렇게 많은지 모르겠어요. 제가 되고 싶은 모습을 이미 이룬 그 사람들이 얼마나 행복해 보이던지. 지금의 저와는 비교조차 안 돼서 자괴감을 느낄 때가 많답니다. 아침에 일찍 일어나려고 마음만 먹고 오늘도 실패하는 나는 그런 삶을 살지 못할거라며 자책하곤 하죠. 나는 오늘 하루 목표도 달성하지 못했는데, 이미 다 이룬 것 같은 그 사람들처럼 원하는 삶을 살 수 있을까 하고요.

그런데, 가능할 수도 있지 않을까요?

매일 그런 건 아니지만, 어떤 날은 유독 자괴감에 빠져 허우적거릴 때가 있어요. 실제로 배가 아플 정도로요. 그렇게 부러워하고만 있던 어느 날 문득 '어? 그런데 난 대체 언제 만족하는 거지?'라는 의문이 들었어요. 잘 생각해보면 지금의 저는 옛날의 제가 부러워했던 사람에 속하거든요.

대학생 때는 대외 활동을 열심히 해서 하루 방문객이 300명인 블로그를 운영하는 친구가 부러웠고, 취업이 안 되던 취업준비생 때는 스타트업에 들어가서 주체적으로 일하는 사람이 부러웠고, 스타트업에 입사하고 나서는 대표님이

나 이사님 앞에서 능숙하게 말하는 사람들이 부러웠어요. 지금의 저는 8년째 블로그를 운영하고 있고, 스타트업에 입사해서 3년간 주체적으로 일하며 많은 경험을 쌓았고, 매일 새로운 사람을 만나 이야기하다 보니 누구 앞에서 말하는 게 별로 두렵지 않은 사람이 되었어요. 분명 예전에 부러워했던 사람이 되었는데, 저는 스스로를 칭찬하지 않고 계속 그다음을 바라보며 괴로워만 하고 있었더라고요.

부러워만 하던 사람을 저로 만들었던 과정을 떠올려봤어요. 자괴감에 빠져 가만히 있기보다는 뭐든 하나씩 시도했던 기억이 나요. 블로그에 매일 글을 3개씩 올렸고, 크게 마음먹고 대기업 입사를 포기하고 작은 스타트업에 지원서를 냈고, 회사 선배의 미팅에 따라가 회의를 녹음하고 분석해서 내 말로 만든 그 순간들이 스쳐지나갔어요. 그러고 보면 저는, 괴로운 마음을 성장 동력으로 만들어 성장한 사람이더라고요. 왜 그걸 항상 놓치고 사는지 모르겠어요. 그 동력으로 지금부터 노력하면 또 뭐라도 될 수 있을 것 같은데 말이죠.

하나씩 시도하는 나를 칭찬하기

원하는 삶을 살기 위한 과정도 마찬가지 아닐까요? 내가 어떤 삶을 원하는지부터 고민하고, 그렇게 살기 위해 하나씩 시도해보는 거죠. 남을 부러워하는 데 시간을 쓰기보다, 하나씩 시도하는 저를 칭찬해주려고 합니다. 그런 시도들을 하나씩 쌓다 보면 제가 바라는 삶에 가까워지는 날이 오지 않을까요? 막연히 '안 된다'라는 생각부터 하기보다 '될 거다'라고 생각해볼래요. 그럼 어느새 그 삶에 조금 더 가까워져 있을 것 같아요. 물론 저는 또 다른 사람을 부러워하고 있을지도 모르지만요.

오랜 시간이 걸리더라도 기다려주기

하나씩 시도해나가는 것 말고도 또 중요한 것은요. 나를 기다려주는 것입니다. 모든 일은 익숙해질 때까지 절대적인 시간이 필요합니다. 우리가 새롭게 시작하려는 일은 그것에 익숙한 누군가보다 서툴 수밖에 없어요. 처음부터 잘하는 사람은 없으니까요. 저도 제가 부러워하던 사람이 되기까지 최소 1년에서 3년씩은 걸렸더라고요. 당장 바뀌지 않는 나를 탓하지 않고, 기다릴 줄 알아야 멈추지 않고 노력하게 되는 것 같아요. 저도 저를 다시 기다려주려고요. 우리, 조바심내지 않고 같이 힘내봅시다!

인터뷰에서 영감 얻기

저는 특히 누군가의 인터뷰에서 영감을 많이 받아요. 지금은 멋지고 대단해 보이는 사람도 처음에는 아주 작았고, 꾸준한 노력 끝에 얻은 결과라는 것을 깨닫고 위로도 받았죠. 세상의 다양한 레퍼런스를 보며 여러분의 부러움을 자극하는 사람이 누구이고, 여러분이 원하는 삶의 방향은 무엇인지 찾아보면 좋겠습니다. 레퍼런스로 참고할 만한 책과 유튜브를 추천해드릴게요.

『자기 인생의 철학자들』(김지수 지음, 어떤책)
『자존가들』(김지수 지음, 어떤책)

〈김지수의 인터스텔라〉만큼 마음을 울리는 인터뷰 시리즈가 있을까 싶어요. 매회 챙겨 읽지는 못했지만, SNS에서 몇천 건씩 공유되며 널리 사랑받아온 인터뷰 시리즈입니다. 다양한 분야에서 성공한 분들의 이야기는 읽는 것만으로도 시야를 한껏 넓혀준답니다.

유튜브 〈요즘 것들의 사생활〉

〈요즘 것들의 사생활〉(이하 요즘사)은 세상이 말하는 정답이 아닌 나다운 삶을 살기 위한 레퍼런스를 인터뷰로 기록하는 유튜브 채널입니다. 온라인으로 경제적 자유를 누리는 분부터, 청소일을 하며 그림을 그리는 작가, 노마드 워커까지 요즘사를 보며 세상에 정말 다양한 삶의 방식이 있다는 것을 배우고 있어요. 고정관념을 깨고 새로운 아이디어를 불어넣어주는 고마운 유튜브 채널이에요.

사람이 변할 수 있을까요?

요즘 헬스장에서 아침마다 운동을 하고 있는데요. 최근에 만난 친구가 그 얘기를 듣더니 너무 놀라더라고요. 저는 정말 운동하는 걸 싫어하던 사람이었거든요. 그런 제가 어떻게 변화할 수 있었을까요?

저는 사람은 잘 변하지 않는다고 생각하면서도 제가 원하는 변화가 일어나지 않을 때 꽤 좌절했어요. 정말 꼼꼼한 사람이 되고 싶은데, 매번 똑같은 실수를 반복할 때 제 자신이 너무 싫었어요. 이게 나라는 사람의 한계인가 싶었고요. 특히 운동이나 다이어트처럼 몸이 협조를 안 해주는 일들은 애초에 포기했었어요. 저 자신에게 불만이 있지만, 그냥 데리고 사는 수밖에 없다고 생각했죠. 힘든 날에는 '얘를 남은 인생 동안 어떻게 데리고 살지?', '왜 우리 엄마 아빠는 내게 이런 게으른 몸뚱아리를 준 걸까?' 같은 생각에 괴롭기도 했어요. 누군가는 "그런 너 그대로도 충분해"라고 하지만, 저는 더 나은 내가 되고 싶었거든요.

세상에 '나는 이대로 완벽해'라고 느끼는 사람이 얼마나 있을지 모르겠어요. 누구나 자기 자신에게 원하는 변화들이 있잖아요. 변화하고 싶지만, 변화하지 못하는 숱한 좌절들 때문에 자기 효능감이 바닥이라면 지금부터 저를 변화하게 한 세 가지 생각들을 참고해보세요.

첫 번째 계기는
제가 변화할 수 있다고 믿기 시작한 순간이었어요

사람의 생각 패턴은 부정적으로 편향되어 있다고 해요. 부정적인 신호들을 더 잘 파악하는 것이 생존에 유리하기 때문이었다고 하는데요. 저 또한 부정적인 생각을 강화시켜줄 근거를 찾고 있었어요. 지금까지 저 자신의 변화에 대해 뼛속 깊이 의심하고 있었거든요. "사람은 변할 수 있다"라는 명제에 부정 편향을 가졌던 거예요. 그러다가 실제로 변화할 수 있는지와 상관없이 제가 변화할 수 있다는 믿음에 대해서는 기꺼이 긍정 편향으로 방향을 바꾸기로 했어요. 분명 저에게도 한계가 있겠지만, 그 한계에 도달하기 전까지는 긍정 편향으로 기꺼이 제 가능성을 열어놓기로 한 거예요. 그리고 그렇게 믿기로 마음먹은 순간 실제로 크고 작은 변화가 시작되었어요.

원래 저는 인스타그램에서 100명 이상의 사람이 제 피드를 보는 것을 불편해했어요. 마음에 거리낌없는 상태를 좋아하다 보니 사진 하나 글 하나를 올릴 때마다 의식해야 하는 사람이 많아지는 게 싫었거든요. 반면에 수현 님은 인스타그램을 통해 세상과 소통하고 자신의 선한 영향력을 펼쳐왔는데 그 모습이 멋있어 보였어요. 실제로 마케터로서 자신을 브랜딩하는 데에는 SNS가 필수라고 생각하지만, 언제나 '나는 안 돼'라고 한계를 두었던 것 같아요. 그러다가 최근에 생각이 바뀌고 처음으로 공개 계정으로 전환했는데 그런 사소한 변화들도 '변화하는 나'의 사례더라고요. 그리고 공개 계정으로 사는 것, 가끔 스팸 DM이 오긴 하지만 나쁘지 않더라고요. 클릭 하나로도 이렇게 사람이 바뀔 수 있는데 지금까지 '변화'라는 것에 너무 무거운 의미를 부여했던 것 같아요.

저는 이렇게 변화에 성공했던 사례들을 수집하도록 저의 뇌를 프로그래밍해두고 있어요. '앗 나는 원래 메일 하나 쓰는데도 30분씩 걸렸는데, 이제는 5분이면 쓰는구나!', '예전의 나였으면 미뤄뒀을 일을 바로 하다니, 기특하다!' 하면서 긍정 편향할 수 있는 사례를 만들기 위해 노력하고 있답니다.

두 번째로 저를 변화하게 한 건
저와 다르다고 멀리했던 사람이었어요

저와 수현 님은 3년간 같은 부서에서 일했지만 처음 만났을 때는 절대 친해질 수 없다고 생각했어요. 취향도, 일하는 업무 방식도 너무 다른 사람들 있잖아요. 수현 님이 그랬거든요. 너무 다르다는 생각에 입사 후에도 거의 2년간은 그렇게 친하게 지내지 못 했었죠. 그런데 우연히 함께 간 제주도 여행에서 다른 취향을 가진 사람이 주는 영향력을 확실히 알게 되었어요.

여행 중 어느 날, 플레이스 캠프 제주에서 책방무사까지 가려고 자전거를 무려 4시간이나 빌렸어요. 땡볕의 여름날이어서 땀을 뻘뻘 흘리며 15분쯤 탔을 시점에 수현 님이 다시 돌아가자고 하더라고요. 3분의 1지점까지 왔다고 생각한 저는 지금까지 온 만큼 두 번만 가면 된다고 생각했거든요. 돌아가는 건 제 옵션에 없었는데 돌아가자니? '그렇게 생각할 수도 있겠구나. 이렇게까지 힘들게 책방에 가는 것이 여행을 온 목적이 아닌데! 왜 끝까지 달려야만 한다고 생각했던 걸까?' 그때 수현 님과 제 생각의 차이를 느꼈어요. 저는 목표를 설정할 때 무조건 의욕적으로 계산 없이 마음 가는 대로 하는 편이에요. 그런데 수현 님은 언제나 적정 수준을 잘 알고 현실적인 판단을 내리거든요. 3박 4일의 긴 여행이 끝나고 수현 님과의 대화로 제 생각과 시야가 확 넓어졌다는 것을 느꼈어요.

우리는 보통 어제 만났던 사람을 만나고, 똑같은 일상을 반복해 살아가잖아요. 그래서 저는 환경에 변화를 주기 위해서 끊임없이 노력하는 편이에요. 새로운 관계를 만들고, 읽어보지 않은 책을 읽고, 자극받을 수 있는 환경에 저를 노출해요. 회사 밖에서 대화를 나눌 수 있는 모임에 참여해 저와 다른 일을 하는, 다른 환경에서 성장한 사람들과 이야기를 나누기도 했어요. 짧은 대화만으로도 새로운 관점이 자극을 주고, 가랑비에 옷이 젖듯 저를 조금씩 더 나은 방향으로 변화시키고 있다고 느끼게 해주더라고요.

지금 그대로도 충분한 이 상태에서 머무르는 것 또한 노력이 필요해요

그런데 우리는 꼭 변화해야만 할까요? 아뇨, 그대로도 충분합니다. 우리는 노력하지 않아도 우리만의 속도와 방향으로 변화하고 있는 건 아닐까요? 오히려 변화하지 않기 위해 노력해야 할 만큼 이미 매 순간 변화하고 있었을지도 몰라요. 인간이 변화할 수 있는지는 철학과 심리학에서 아주 오래 다뤄온 주제인데요. 아직 정답이 없는 문제이니 제 생각을 조금 더 이야기해볼게요.

"같은 강을 두 번 건널 수 없다"라고 헤라클레이토스라는 철학자가 말했다고 해요. 같은 강처럼 보이지만 처음 건널 때와 두 번째는 다른 물이 흐르고 있고, 나도 처음의 내가 아니기 때문이죠. 같아 보이지만 매일 변화하는 물질의 성질을 이야기하는 거지요. 변화하지 않는 지점에 초점을 맞추고 대상을 바라보면 같은 사람인 것 같지만, 흐르는 물에 토양이 조금씩 깎여 내려가듯 우리는 매일 우리가 만나고 경험하는 것에 의해 변화하고 있다고 생각해요.

어떤 방향으로든 우리는 어제와 다른 사람이 되고 있지만, 마음 가는 대로 두면 사람이 언제나 좋은 방향으로 변하는 건 아니잖아요. 관성에 몸을 맡기고 살아가니까요. 가지고 태어난 조건은 바꾸기 어려우니 결국 환경의 변화가 중요하겠지요.

나 자신을 있는 그대로 사랑하는 마음과 더 발전하고 싶은 마음은 모순이 아니었어요. 나 자신을 사랑해야 더 빠르고 건강하게 발전할 수 있다는 것을 경험을 통해 깨달았습니다. 내가 오늘 한 100가지 일 중에 못한 일이 99개여도, 한 가지 잘한 일을 '긍정 편향'의 안경을 통해 바라봐야 내일 변화할 용기가 생기더라고요. 그러면 그다음 날은 내가 변화할 수 있는 이유가 두 가지나 보일 거예요. 그렇게 나에 대한 편견이 깨져야 환경을 바꿀 수 있고, 결과적으로 나 자신이 변화할 여지가 보일 겁니다.

회사 밖에서 나와 다른 사람을 만날 수 있는 곳

퇴근 후 여가시간을 어떻게 보내시나요? 집에서 쉬거나 원래 알던 친구들만 만나지 않았나요? 새로운 사람을 만날 기회가 적어지는 요즘, 이를 해소해주는 지역 기반 모임 애플리케이션도 많지만 저는 기왕 새로운 사람을 만나고 싶다면 모임 서비스를 이용해보는 것을 추천해드려요. 저는 모임들에 참여하면서 회사 생활을 하며 가지고 있었던 고정관념을 깰 수 있었고 사이드 프로젝트를 함께할 사람들도 만났어요. 현직자들에게 듣는 꿀정보로 넥스트 스텝을 그려볼 수도 있었답니다. 한 달에 한 번 정도는 새로운 사람들이 있는 곳에 가보세요. 기회는 사람들 사이에서 우연처럼 오기도 한답니다. 다음은 제가 직접 경험했던 모임 플랫폼들입니다.

☺ **인사이터 insight-er.com**

일을 더 잘하고 싶은 사람, 일에 대해 고민이 있는 사람들이 많았던 스터디 모임. 비즈니스 토론과 네트워킹이 가능하다는 장점이 있습니다. 혼자 공부하기 어려운 주제도 같이 토론하면서 깊이 알 수 있었어요. 시간을 내어 스터디를 하는 만큼 제대로 할 수 있도록 도와주는 장점도 있지만, 숙제를 해야 한다는 부담을 느끼는 사람에게는 불호일 수 있습니다.

☺ **트레바리 trevari.co.kr**

독서 모임의 원조 트레바리. 가장 규모가 큰 만큼 나의 취향에 맞는 다양한 독서 모임을 하나쯤은 찾을 수 있을 겁니다. 독후감을 쓰지 않으면 비용을 내더라도 참여하지 못 한다는 파격적인 참여 조건 덕에 독서에 정말 관심 있는 사람들만 참여할 수 있게 도와주는 듯해요. 클럽장의 역할이 꽤 크기 때문에 자신의 성향과 잘 맞는 클럽장을 찾는 것이 중요합니다.

☺ **문토 munto.kr**

취향을 공유하는 주제로 다양한 사람들을 엮어주는 문토. 꼭 책이나 스터디에 관심이 없더라도 가볍게 네트워킹할 수 있는 곳입니다. 최근에는 취향이 같은 사람들을 일회성으로 가볍게 만날 수 있는 '소셜링'이라는 서비스도 시작했어요.

내가 쓸모없는 사람이라고 느껴질 때

'가스라이팅'이라고 들어보셨나요? 이 단어는 〈가스등〉이라는 연극에서 비롯되었어요. 이 연극은 한 부부가 주인공이에요. 남편은 집 안의 가스등을 어둡게 조절하고는 부인이 어둡다고 말하면 부인이 이상하다고 탓합니다. 부인은 남편에게 설득되어 점점 스스로를 의심하고 남편의 말을 믿게 되지요. 그렇게 누군가의 교묘한 통제로 스스로를 의심하게 되고 판단력을 잃는 것을 가스라이팅이라고 합니다.

가스라이팅에는 가해자와 피해자가 있는데, 가해자가 아무리 상대방을 폄하해도 피해자가 그 사실을 심리적으로 인정하지 않으면 가스라이팅은 성립되지 않아요. 하지만 인간은 그렇게 논리적인 존재가 아니잖아요. 나보다 더 대단해 보이고 똑똑해 보이는 누군가가 조리 있게 말하면 믿음이 갈 수밖에 없죠. 또 내가 좋아하고 믿는, 나를 인정해줬으면 하는 사람의 말은 더 설득력이 있잖아요. 그렇기 때문에 가스라이팅은 생각보다 흔한 일이더라고요. 특히 가족, 연인 관계, 그리고 회사에서 빈번하게 발생하지요.

회사라는 조직은 성과를 내야 굴러가기 때문에 성과 여부가 굉장히 중요한 곳이잖아요. 나름대로 열심히 해도 성과가 나지 않으면 인정받지 못하죠. 저는 영업직으로 일하며 매달 매출 목표가 있었어요. 그걸 달성하지 못하면 인정받지 못했기에 스스로가 부족한 사람이라는 생각을 자주 했습니다. 나보다 늦게 들어온 저 친구가 나보다 더 잘하다니 난 부족한 사람이야, 하고요. 괜찮은 성과를 내는 편에 속했지만, 남들보다 조직에 일찍 합류했기에 저에 대한 기대는 더 높아져만 갔고 그 기대를 충족하지 못한다는 생각에 괴로운 날들이 이어졌습니다. 스타트업이다 보니 입사한 지 얼마 지나지 않아 팀장이 되는 경우도 있었는데, 나보다 늦게 들어온 사람들이 먼저 팀장이 되는 걸 보며 더 더욱 괴로움은 커졌죠.

그런 고민이 깊어지던 때 누군가에게 "제가 잘하는 게 뭐라고 생각하세요?"라고 물어본 적이 있어요. 그랬더니 "너? 꼼꼼한 거 말고는 잘하는 게 뭔지 모르겠어" 하더라고요.

그때 저는 회사 내에서 기록적인 매출을 올리기도 했고, 커뮤니케이션 능력을 인정받아 다른 부서와 협업하는 업무도 겸할 만큼 업무적으로도 인정받고 있었거든요. '난 그런 사람 아닌데? 나한테 관심이 없어서 나에 대해 잘 모르다 보다' 하고 생각했으면 괜찮았겠지만, 자신감이 적어진 상태에서 그런 말을 들으니 내가 진짜 부족한 사람일 수 있겠다고 생각했던 것 같아요.

그 말을 듣고 흔들린 저는 주변 사람들을 한 명 한 명 붙잡고 물어봤어요. 정말 꼼꼼한 것 말고는 잘하는 게 없냐고, 뭘 잘하는 것 같냐고. 다들 한마디씩 따뜻한 말을 해주었지만, 이미 저는 누군가에게 인정받지 못했다는 생각에 우울해했답니다. 그렇게 허우적대던 중 '회사에서 성과를 내는 일 말고도 난 잘하는 게 많은데? 나 꽤 괜찮은 사람인데?'라는 생각이 겨우 떠올랐어요. 회사 일 말고도 스스로의 성장을 위해 해온 일이 많았거든요. 업무 역량을 높이기 위해 매일 시장조사를 하고, 매주 블로그에 글을 쓰며 개인 SNS를 꾸준히 운영하기도 했고, 하루에 한 장이라도 책을 읽고, 다양한 모임에 다니며 사람을 만나는 등 많은 일을 해왔더라고요.

그러다 어느 날 시내 님이 '태니지먼트'라는 강점테스트를

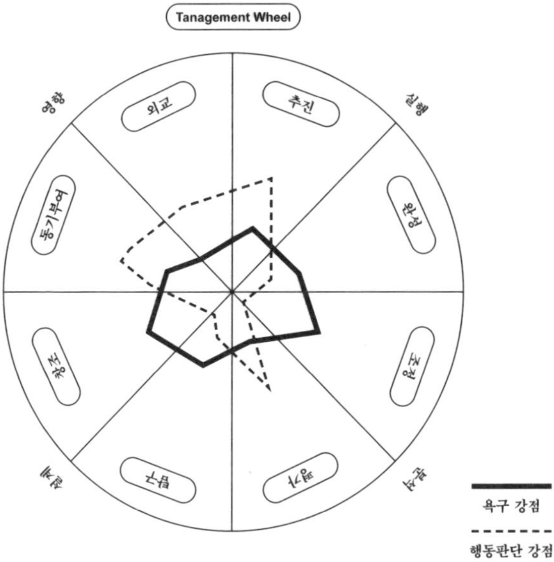

알려줬어요. 자신이 가진 욕구를 바탕으로, 내가 가진 강점이 무엇인지 알려주는 신기한 테스트라면서요. 더욱더 흥미로웠던 것은 저의 본래 욕구로 생기는 진짜 강점(욕구 강점)과, 사회생활을 하며 생긴 강점(행동판단 강점)이 따로 있다는 것이었어요.

태니지먼트 테스트를 해보니 저는 상상력을 발휘해 새로운 것을 제안하는 '창조'와 복잡한 일을 정리하여 체계화하는 '조정'이 강점이라는 결과가 나왔어요. 사회생활을 하면서는 '추진', '외교', '평가'가 강점이 되었고요. 이 결과로 보면 저는 원래 강점인 조정과 창조를 활용하지 못하는 사회생활을 하고 있었어요. 실제로 늘 새로운 클라이언트를 찾아다녀야 하는 영업직으로 일했기 때문에 모르는 사람에게 연락하고 부탁하는 '외교'라는 강점을 키울 수밖에 없었거든요. 빠르게 매출을 내야 했기에 추진력도 높아졌고요.

'나에게는 분명한 강점이 있고, 매일 더 나은 사람이 되기 위해 노력하고 있다는 걸 아는데, 왜 나 자신을 계속 탓하고만 있지?'라는 생각이 들었습니다. 회사에서의 성과로 인정받기 위해 사는 게 아니라는 걸, 당장 성과를 내지 못한 저는 부족한 직원일 수 있지만 부족한 사람은 아니라는 걸 드디어 깨달은 거예요.

객관적으로 부족한 점은 인정하고 노력해야겠지만, 스스로를 탓하는 데 머무르다 보면 무언가 시도하는 원동력까지 잃어버릴 수 있어요. 나는 뭘 해도 못하는 사람이라고 판단 내리면 모든 시도를 망설이게 되죠. 내가 강점을 가지고 있어도 원동력을 잃으면 어디에서도 펼칠 수가 없고요. 남에게도, 스스로에게도 가스라이팅 당하지 않기 위해서는 기준을 다른 사람이나 어떤 상황이 아닌 나 자신에게 두는 게 중요합니다. 내가 쓸모없는 사람이라고 느껴진다면, 나 자신을 잘 모르고 있거나 혹은 남이 나를 잘 몰라서 일 가능성이 높아요. 남이 나를 알아주는 건 쉽지 않은 일이에요. 그 누구도 나의 속마음을 들여다보고 24시간 지켜봐주지 않으니까요. 내가 무엇을 좋아하고 잘하는지는 나 자신이 가장 잘 알아야 해요.

독자님은 어떤 때 스스로가 싫어지나요? 저는 남들과 비교해서 내가 부족하다고 느껴질 때 그런 것 같아요. 저와 수현 님은 그 고민의 결과로 서로의 강점을 찾아나가기 시작했어요. 남들과의 비교 없이 단단한 자신이 되기 위해서요.

나의 강점은 무엇일까요?

강점테스트를 해보던 당시 저는 스스로가 부족하다고만 생각했어요. 나는 왜 영업직으로 더 좋은 매출을 못 내지? 난 이번 목표를 왜 달성하지 못했지? 나는 부족한 사람이구나. 스스로 탓하는 날들이 이어졌는데 내가 부족한 사람이 아니라 내가 가진 강점을 활용하지 못해서 그렇다는 것을 깨닫고 마음이 편안해졌어요. 내가 가진 조정과 창조라는 강점을 더 끌어올리는 일을 찾아야겠다고 결심하게 되었고요. MBTI 검사처럼 강점을 찾아주는 테스트들이 많은데요. 내 강점이 무엇인지 찾아보기를 추천합니다.

📖 『위대한 나의 발견 강점혁명』(갤럽 프레스 지음, 청림출판)

이 책을 사면 무료로 강점테스트를 할 수 있어요. 34개의 강점 중 자신의 강점 5개를 알려줘요. 저는 테스트를 통해 '최상화, 개별화, 적응, 수집, 공감'에 강점이 있다는 것을 알게 되었어요. 평소 정보 서칭하는 걸 좋아했는데요. 평범한 취미라고 생각했던 '수집'도 강점이 될 수 있다는 걸 알게 되어서 좋았어요.

💻 **태니지먼트 tanagement.co.kr**

태니지먼트는 타고난 강점뿐 아니라 사회적으로 생긴 강점까지 알 수 있어 특히 좋았어요. 예를 들어 제게는 상상력을 발휘하여 새로운 것을 제안하는 '창조'라는 강점이 있지만, 빠르게 결과를 내야 하는 스타트업에서 일하는 동안 창조를 누르고 '추진'이라는 강점을 만들어냈다는 것도 알 수 있었어요. 또 내가 가진 태도에 대해서도 알려줍니다. 아무리 좋은 강점을 가지고 있어도, 그 강점을 빛나게 해줄 수 있느냐 없느냐는 태도에 달렸기 때문이겠지요. 테스트의 기본 결과는 무료고요. 심화된 결과를 보고 싶다면 유료로 결제해야 합니다.

이직하고 싶은 회사도 없고, 여기도 싫을 때

일주일간 독자님을 웃고 울게 한 것은 무엇인가요? 저의 경우 언제나 일이었답니다. 누군가는 그런 저를 워커홀릭이라고 할 수도 있지만, 일은 자신의 정체성과 행복에 큰 영향을 줄 수밖에 없잖아요. 하루의 절반 이상을 보내는 회사에서 행복하지 않다면 어떻게 인생이 행복할 수 있을까요? 때문에 일터에서의 부정적인 변화는 그만큼 치명적이랍니다.

회사에서 말도 안 되는 일을 겪었을 때 더 나은 회사가 있지 않을까, 하는 생각에 구인구직 사이트를 뒤적이곤 했어요. 그렇게 다른 곳들을 찾다 보면 가고 싶은 회사가 없거나 내 이력이 보잘것없다고 느낀 적, 다들 있으실 거예요. 오늘 레터는 그럴 때 어떤 마음으로 이직 준비를 해야 할지 이야기 나눠보려고 합니다.

'화'는 내가 원하지 않는 것에 대해 알려줘요

회사의 방향성에 강한 회의감이 들 때, 상사에게 모욕적인 말을 들었을 때, 노력한 것에 비해 보상이 터무니없을 때면 아무리 지쳐도 강한 감정이 올라옵니다. '화'라고 불리는 이 감정은 생각보다 힘이 세요. 밤늦게까지 구인구직 사이트들에서 평소 들어본 회사들을 위주로 구인공고가 있는지 살펴본 적 있나요? 그때 혹시 '지금부터 준비해서 내년 2월에는 이직하겠어' 같은 계획하는 마음보다는 '하루빨리 여기를 떠나고 싶다'라는 욱하는 마음, 아니었나요?

지금 있는 곳보다 더 나은 회사부터 한 번쯤 가보고 싶었던 대기업까지 찾아보지만, 원하는 회사는 내가 갈 수 있는 직무가 없을 때도 많죠. 내세울 만한 자격증이나 기술이 없고, 연차도 부족하고요. 그렇다고 직무에 맞춰서 가고 싶지 않은 회사에 지원하고 싶지는 않을 거예요. 이직할 회사가 적어도 지금 회사보다 조건이든 비전이든 나아야 한다는 자존심은 지키고 싶으니까요. 이렇게 저렇게 머리를 굴리다 보면 지금 할 수 있는 건 철저한 준비밖에 없다는 결론이 나오지요. 저 또한 그렇게 노트북을 닫고 이성으로 감정을 토닥이며 잠드는 날들이 많았답니다.

모든 감정은 나에 대해 알 수 있다는 점에서 이로워요

화가 난다는 건 내가 비이성적인 사람이어서가 아니라 현재 상황이 자신이 원하는 것이 아니라는 신호예요. 내가 뭘 원하는지는 몰라도 이곳은 내가 원하는 곳이 아니구나, 하는 생각이 들게 해준 것이 '화'라는 감정이었어요. 적절하지 않은 타이밍에 튀어나온 화는 손해를 주기도 하지만, 무조건 억누르지는 않았으면 좋겠어요.

화가 났을 때 화가 나는 이유에 주목해보세요. 우선 왜 화가 났는지 종이에 써보는 거예요. '그 사람이 한 말이 나를 무시하는 것 같아서 화가 났다', '열심히 하는 사람들을 인정해주지 않아서 화가 났다' 등 분명 하나의 문장으로 표현할 수 있는 원인이 있을 거예요.

저는 그 감정의 근원지를 파고들었어요. 두 가지로 나뉘더라고요. '내가 싫어서' 화가 나거나, '바꿀 수 없는 사람/환경이 싫어서' 화가 나거나. 내가 싫어서 화가 날 때는 정말 문제가 나 때문인지 생각해봤어요. 주변에 물어보기도 했죠. 덮어두고 내 편을 들어줄 사람 말고 객관적으로 이야기해줄 수 있는 사람들에게 고민을 털어놓았어요.

저의 경우 연차가 쌓이며 실적에 대한 기대치와 일의 양은 많아졌지만, 진정으로 제가 성장하고 있는지 고민이었어요. 새로운 일을 시도해보거나 이직을 해야 하는 시점이었죠. 내 성장에 관심 있는 사람이 없다는 아쉬움은 컸지만, 일은 부끄럽지 않게 성실하게 했어요. B2B영업이었기 때문에 클라이언트들과의 의리로 숨가쁘게 일했죠. 그렇게 내 일에 긍지를 갖고 해나갔지만, 문제가 발생했을 때 그 모든 원인을 개인의 탓으로 돌릴 때는 화가 났어요. 아무래도 스타트업의 특성상 체계가 부족했기 때문에 발생하는 이슈가 많았거든요. 결국, 나 자신을 싫어하게 하는 환경에 있다는 결론을 내리고는 떠나야겠다고 결심했어요.

맞지 않는 회사에 다닌다는 것

하지만 회사 생활이 너무 벅찼던 저는 이직 준비를 제대로 할 시간적 여유가 없었어요. 자소서와 이력서를 잘 써서 붙는다 해도 면접을 볼 자신이 없더라고요. 회사에 다니는 동안 열심히 일했지만 제가 가진 경험만 가지고 자신 있게 면접장에 들어가는 제 모습이 그려지지 않았어요. 그렇게 또 이직 계획은 미뤄지고, 행복하지 않은 상태로 겨우 버티던 날들이 있었답니다. 그 과정에서 제가 느꼈던 건 사람이 환경을 깨고 벗어나기 위해서는 외부의 강력한 자극이 필요하다는 거였어요. 저도 제 환경을 깨야겠다고 다짐

하고 6개월이 지나 퇴사하게 되었어요. 지금 환경이 마음에 들지 않는다고 인지한 순간, 그 마음을 잘 간직하고 변화하기 위해 조금씩 준비했기 때문이었습니다.

사람은 강한 계기가 없다면 익숙한 환경에 적응해버리잖아요. 예를 들어 애인에게 불만이 있어도 헤어지지 못하는 경우, 자주 있죠. 누가 봐도 문제인데, 심지어 본인이 가장 잘 아는데도 헤어지지 못하는 건 둘 중 하나가 아닐까 싶어요. 아직도 사랑하거나, 변화의 주체가 되기 피곤하거나. 네, 헤어짐도 퇴사도 피곤한 일이에요. 하지만 마음에 들지 않는 직장에서 인생을 보내는 건, 새로운 사람을 찾는 것도 피곤하고 더 좋은 사람이 있으리라는 법도 없으니 맞지 않는 사람을 적당히 만나는 것과 같지 않을까요.

만일 지금 환경이 마음에 안 든다면 저처럼 원인을 파악해 보세요. 그냥 삶이 지루한 건지, 회사 내에서 해결할 방법은 없는 건지. '화'라는 감정이 무뎌지지 않도록, 병이 되지 않도록 자신의 감정을 잘 살펴보는 거예요. 그리고 차근차근 떠날 준비를 하는 거죠. 회사에서 변화를 시도해 보는 게 맞지 않냐고요? 도망간다고 생각할 수 있지만, 떠날 준비를 한 사람만이 변화를 만들 수 있다고 생각해요.

물론 모두의 상황이 다르기 때문에 이런 말씀을 드리는 게 조심스럽지만, 회사는 그나마 비교적 내 의지로 바꿀 수 있는 환경 중 하나잖아요. '당장' 그만두지 못하더라도 천천히 때를 기다리며 준비하는 것이 중요해요. 나랑 딱 맞는 좋은 사람을 만나는 것만큼이나 내게 맞는 포지션의 회사를 찾는 것도 어렵지만, 시야를 넓힌다면 길은 있었어요. 그 이야기는 다음 레터에서 이어갈게요!

좋은 스타트업 찾는 법

안정보다는 모험과 가치를 추구하는 사람이라면 가고 싶은 회사의 범위를 넓혀서 찾아보세요. 저 또한 남들처럼 대기업 위주로 취업을 준비하던 도중 스타트업에 입사해 아주 만족스럽게 회사 생활을 했어요. '이런 회사가 또 있을까?' 하는 생각이 들 정도로요. 저와 딱 맞는 회사를 다녀본 경험으로 스타트업에서 일하는 것이 아래와 같은 이점이 있다고 생각했어요.

자율적인 환경에서 최대한 빠르게 성장할 수 있다

스타트업의 인재는 만능이어야 할 때가 많아요. 인원이 많지 않아서 한 명 한 명의 역할이 매우 중요하거든요. 워라밸을 기대한다면 거리가 멀 수 있지만, 자율성이 높아서 자신이 원할 때 효율적으로 일할 수 있는 환경을 제공하는 곳이 많아요. 자율성을 준다는 것은 그만큼 책임감 있게 일하는 걸 기대한다는 뜻이기도 해요. 때문에 신입 때부터 작은 의사 결정은 '알아서' 해야 하는 자율성 높은 회사생활을 할 수 있습니다. 성장하는 스타트업에서의 1년은 일반 회사에서의 업무량의 2~3배 정도로 생각하는 사람들이 많답니다.

저점에 매수해서 내가 직접 키운다

주식 투자를 할 때 회사의 미래를 보고 투자하는 방식처럼 전도유망한 스타트업에서 일하는 것은 그 회사의 가치에 투자하는 것과 같아요. 저점에 매수해서 함께 성장하는 기쁨은 덤이랍니다. 그런 회사들을 찾고 싶다면 최근에 어떤 스타트업이 주목받고 있는지 알아보세요. 빠르게 성장하는 스타트업은 언제나 사람에 목말라 있기 때문에 꼭 채용 중이 아니더라도 문을 두드려보기를 추천해요. 관심 있는 스타트업의 상황을 살펴볼 수 있는 '더브이씨(thevc.kr)'나 이번 주 스타트업 업계의 투자 소식을 받을 수 있는 '스타트업 위클리(glance.media)' 뉴스레터의 도움을 받아보세요.

의미 있는 일을 하고 싶다

스타트업은 미션과 비전에 공감하는 사람들이 모였을 확률이 높아요. 저도 '옳은 일을 한다'라는 원칙을 가진 회사에 입사할 때 반신반의했지만, 선택의 순간이 왔을 때 회사의 원칙을 지키려 노력하는 모습을 보고 애사심이 생겼던 기억이 있어요. 나의 가치관을 함께 나누고 싶은 사람들과의 시너지를 경험해볼 수 있는 좋은 기회였지요.

약간의 팁을 드리자면, 관심 있는 회사에 속한 사람들의 SNS를 살펴보세요. 인스타그램, 페이스북, 브런치, 링크드인에 회사명을 검색해보는 거예요. 특히 페이스북에서 회사명을 검색하고 카테고리를 사람으로 선택하면 해당 회사에 근무하는 직원을 찾아볼 수 있답니다. 스타트업 업계에서는 페이스북을 링크드인처럼 활용하고 있거든요. 같은 소속 사람들이라고 꼭 같은 건 아니겠지만, 비슷한 사람들을 뽑았을 확률이 높으니까요. 제 경험상 스타트업에 속한 한 명을 봐도 그 회사가 어떨지 추측해볼 수 있는 힌트가 되더라고요.

아래는 스타트업 채용을 찾아볼 수 있는 페이지들입니다.

원티드(wanted.co.kr), 로켓 펀치(rocketpunch.com)는 채용하고 있는 스타트업 공고를 확인할 수 있어요.

커리어리(careerly.co.kr)는 스타트업에서 일하는 사람들은 어떻게 치열하게 고민하고 생각하는지 살펴볼 수 있는 커리어 SNS입니다.

NEW +2

IMPORTANT

INBOX +2

SENT

by smallbrander

small letter

회사 이름 없이 나를 소개할 수 있을까?

Scroll

방황은 시간 낭비 아닐까?

독자님도 부캐를 가지고 있나요? 저는 몇 가지 부캐를 가지고 있어요. 우선 덕밍아웃으로 시작하자면, 저는 아이유의 10년 지기 팬이에요. 앨범이 나오는 날을 손꼽아 기다리고, 콘서트에 가기 위해 티켓팅에 목숨을 걸어요. 두 번째 부캐는 글 쓰는 사람이에요. 남에게 보여주지 않았지만 회사에 다니면서 꾸준히 써온 글로 지금 읽고 계신 이 책을 쓴 작가라는 부캐도 얻었어요. 학교에 다닐 때는 동물을 워낙 좋아해서 시민활동가로 운동을 하기도 했고요.

이렇게 다양한 부캐들이 있다는 게 보람을 주기도 하지만, 한때는 한 가지에 집중하지 못하는 사람처럼 느낀 적도 있어요. '취업'이라는 하나의 목표에 집중해도 모자란 시기에 봉사활동을 하고, 글을 쓰고, 덕질까지 했으니까요.

처음 이직을 생각했을 때, 다시 방황을 시작해야 한다는 막연함이 너무 싫었어요. 가고자 하는 길이 있다면 액셀을 세게 밟을 자신이 있는데, 목적지가 어디인지부터 찾아야 하는 게 너무 막막했던 거죠. 중요한 결정을 해야 할 때면 내 선택에 후회할까 봐 겁부터 났어요. 제가 해온 업무는 MD와 비슷하지만, 제품 기획부터 마케팅, CS까지 신경 쓰는 만능이어야 했는데요. 다양한 업무를 해왔다는 장점이 오히려 어느 하나 특출나게 잘하지 못한다는 것 같았어요. 한 가지 분야에도 전문성이 없는데 누가 나를 써줄까? 하는 두려움이 먼저 들었죠.

방황은 추진력을 얻기 위함이다

인풋 대비 아웃풋, 효율을 잣대로 두고 평가하면 제 행보들이 이렇다 할 결실을 맺지 못한 비효율적인 경험이었을 수도 있어요. 그 시간에 다른 이직 준비를 더 했다면 어땠을까, 그 시간에 공부를 더 했다면 어땠을까 생각해봐도 전혀 후회하지 않아요. 방황하는 사람에게는 방향이 정해져 있지 않기 때문에 속도를 내는 게 무의미하거든요. 충분히 방황을 해봐야 속도를 낼 수 있다는 것을 저는 알아요. 제가 바로 프로 방황러였거든요.

고등학생 때 공부를 안 했다고 하기에는 억울할 만큼 착실하게 했지만, 뭘 하고 싶은지도 모른 채 대학의 특정 학과에 가야 하는 현실이 마음에 안 들었어요. 다행히 가족의 반대가 없었기에 저는 대학에 입학하지 않고 20대 초반을 다양한 활동을 하면서 보냈습니다. 외국인이 많이 오는 펍에서 일하기도 하고, 사업을 배우고 싶어서 성공한 사업가 밑에서 일해보기도 하고, 대학생은 아니었지만 대학교 행사에 참여하기도 하고, 어학원에서 조교로 일한 적도 있어요.

그러다가 철학에 관심을 갖게 되었습니다. 한동안 혼자서 철학책을 읽었는데 무척 흥미로웠어요. 철학자들과 대화해보고 싶다는 욕구가 강해졌고요. 대화하면서 제가 제대로 이해하고 있는 건지 탐구하고 싶었거든요. 책으로 만난 철학자들이 다들 돌아가셨다면 그들과 비슷한 사람들이라도 만나서 이야기해보고 싶었어요. 그때 철학과에 가야겠다고 결심했죠.

준비 과정에서 입학까지 딱 1년이 걸렸던 것 같아요. 저보다 다섯 살 어린 친구들과 생활했는데, 학교에서 만난 친구들이 저를 참 신기해하면서도 부러워했어요. 많은 경험을 해보고 선택한 길이었기 때문에 후회가 없었던 것을요.

결과적으로 아주 행복하게 대학 생활을 했고 다시 돌아가도 좋을 만큼 공부가 재밌었어요. 학점 우수생으로 졸업한 것도 제 자랑이랍니다. 스물일곱 살에 대학을 졸업했으니 보통의 또래보다는 늦은 나이였지만, 이렇게 충분히 방황하며 얻은 확신이 오히려 추진력이 되어 더 빠른 길로 인도한다고 믿어요.

빨리 결론을 내리고 나아가고 싶은 마음도 이해해요. 그런데 나아가는 성취감에 취해 생각하지 않고 앞으로 달리기만 하면 처음에는 착착 진행되는 것 같지만, 오히려 돌아가는 것일 수도 있어요. 빠른 속력으로 달려 지금은 모두가 동경하는 전문직이 된 제 친구들이 이런 말을 하더라고요.
"나도 사이드 프로젝트로 내 적성을 찾고 싶어. 이 일은 내 적성이 아닌 것 같아."
과연 누가 더 빠른 걸까요? 인생을 놓고 보았을 때, 현재 스코어가 큰 의미가 있을까요?

사이드 프로젝트를 시작하다

'사이드 프로젝트'를 한마디로 표현하자면 본업 외에 하는 딴짓이에요. 꼭 돈이 되는 부업이 아니어도 자신의 가능성과 즐거움을 위해 본업 이외의 시간에 자발적으로 진행하는 프로젝트지요. 저도 저라는 사람이 무엇을 원하는지 알기 위해 해오던 일만 해서는 안 되겠다고 생각했어요. 어떤 사이드 프로젝트를 할까 고민해봤지만 저는 혼자 할 수 있는 게 없는 듯해서 막막하더라고요.

그러다가 문득 '사이드 프로젝트 모임 플랫폼을 만들어보면 어떨까?' 생각했어요. 저처럼 사이드 프로젝트를 하고 싶은 사람들이 모이는 플랫폼인 거죠. 그렇게 시작된 사이드 프로젝트 플랫폼 '블랭크 미'는 다섯 명의 멤버로 시작했어요. 멤버 중에는 코로나로 인해 휴직 중인 승무원, 바리스타, 대기업 과장님도 있었어요. 모두 본업이 있었지만 '모임'을 운영해보고 싶다는 욕구와 사람들의 '부캐'를 함께 찾아주고 싶다는 마음으로 모였지요. 결과는 어땠냐고요? 모임 베타 서비스를 런칭하고 얼마 안 되어 5인 이상 집합 금지가 시작되면서 잠시 멈추기로 했답니다. 6개월가량 매주 일요일에 회의까지 하며 진행해와서 허무하기도 했지만, 각자가 얻은 것이 있었기에 기쁘게 이후를 기약했답니다.

사이드 프로젝트를 하면서 저는 제품보다 서비스 기획에 관심이 많다는 것을 깨달았어요. 제품은 한 번 만들면 수정하기 쉽지 않지만, 제가 잘하는 건 완벽한 제품을 만드는 것보다 집요하게 더 나은 버전으로 수정해나가는 거더라고요. 또 회사 생활을 하며 '리더'라는 직책은 저와 정말 어울리지 않는다고 생각해서 기회가 와도 거절했는데요. 사이드 프로젝트로 여러 사람과 협업해보며 제가 동기부여를 잘한다는 걸 발견할 수 있었어요. 경험하지 못했다면 영영 도전하지 않았을 일이었는데 말이에요. 사이드 프로젝트 경험 덕분에 창업자라는 꿈도 꾸게 된 거죠. 저는 6개월간 사이드 프로젝트를 해보며 앞으로 나아가야 할 방향을 좁힐 수 있었답니다.

사이드 프로젝트 시작하기

사이드 프로젝트를 하고 싶어도 어디서부터 어떻게 누구와 시작해야 할지 막막하시죠? 사이드 프로젝트를 먼저 시작한 사람들의 이야기를 들어보고, 함께할 사람을 찾는다면 올해부터 당장 시작할 수 있을 거예요. 사이드 프로젝트와 관련한 책과 뉴스레터, 플랫폼을 추천해드릴게요.

책 『나의 첫 사이드 프로젝트』(최재원 지음, 휴머니스트)

가볍게 몸풀기부터 사이드 프로젝트를 시작하는 방법을 알려주는 가이드북이에요. 사이드 프로젝트로 여러 기회를 얻을 수 있었다는 라이프쉐어(lifeshare.kr)를 운영하는 최재원 작가의 경험담을 통해 시행착오를 줄이면서 차근차근 나만의 사이드 프로젝트를 시작해볼 수 있을 거예요.

뉴스레터 SIDE

사이드 프로젝트라는 말이 알려지기 훨씬 전인 2017년에 sideproject.co.kr이라는 도메인을 구입한 분이 있어요. 바로 정혜윤 님이랍니다. 혜윤 님은 "이것저것 하고 싶은 다능인을 위한 커뮤니티" SIDE를 만들고, 그들에게 위로와 영감을 건네는 뉴스레터를 발행하고 있는데요. 레터에는 세상이 정답이라고 정해준 길이 아닌, 하고 싶은 일을 하며 살아가는 혜윤 님의 이야기뿐 아니라 다능인들의 인터뷰도 담겨 있어요. 다양한 레퍼런스를 살펴 보면 내 마음이 어느 쪽으로 향하는지 알 수 있을 거예요.

🏳 IT 사이드 프로젝트 플랫폼 비사이드 bside.best

혼자서 사이드 프로젝트를 시작하기 막막하다면 비사이드에 지원해보세요. 기획자, 디자이너, 개발자를 한 팀으로 묶어주고 멘토링도 지원하는 사이드 프로젝트 플랫폼이에요. 다양한 사람들과 협업해볼 수 있고, 일터를 벗어나 새로운 일을 시작할 기회를 만들 수 있답니다.

나를 알기 위해 시도한 것

여러분은 스스로를 잘 알고 있나요? 어떤 것을 좋아하고 싫어하는지, 언제 행복하고 우울한지, 어떤 사람이 되고 싶은지 말이죠. 어릴 적에 어른들이 "너는 커서 뭐가 되고 싶니?" 하고 자주 묻곤 했잖아요. 단골 질문이었죠. 우리는 자신이 어떤 모습을 꿈꾸는지 당연히 알아야만 한다고 배워왔어요. 하지만 저는 어릴 때도 그 질문이 참 어려웠어요. 그냥 나는 그림을 그리는 게 좋고, 친구들이랑 노는 게 좋은데 '어떤 직업을 가진 사람'이라는 꿈이 머릿속에 그려지지 않는 거예요. 그나마 좋아하는 게 그림이니까, 매번 "화가"라고 대답했죠.

어른이 되면 알 수 있을 거라 생각했는데 나이가 들면 들수록 내가 어떤 사람인지 아는 게 더욱 어려웠어요. 천직을 찾았다고 생각했는데 조금만 익숙해지면 지루해지고, 하루에도 수십 번씩 기분과 생각이 바뀌고, 어제는 재밌었는데 오늘은 재미가 없고, 무언가를 새롭게 알게 되면 '이게 내가 되고 싶었던 모습인가?' 하면서 심장이 두근두근 설레다가도 몇 달 뒤면 잊어버리고, 내가 못한다 생각하고 외면했던 일인데 알고 보니 잘한다는 걸 발견하기도 하면서요.

나를 발견하는 도구, 기록

그렇지만 지금의 저는 스스로를 꽤 잘 아는 편이라고 자부합니다. 시내 님은 사이드 프로젝트로 자신을 더욱 잘 알게 되었다고 했는데요. 저의 경우 매번 새로운 경험을 찾아다니거나, 사람을 만나는 걸 조금은 버거워하는 성향이어서 현실적으로 쉽지 않더라고요. 그런 제가 저 자신을 알 수 있도록 도와준 도구는 바로 '기록'이었습니다. 앞서 말한 것처럼 어제의 나와 오늘의 나는 다르고 또 내일의 나는 달라요. 그렇지만 그 모든 모습이 저였고, 기록을 통해 일련의 생각과 행동을 살펴보니 하나로 또렷하게 정의할 수 없어도 큼직하게 그려지는 저의 모습을 발견할 수 있었어요. 종종 예전에 쓴 글을 들춰보는데요. 과거의 나에게서 배울 때가 많아요. 그때는 내가 부족하다고만 생각했는데 반짝이는 생각들을 간직하고 있었더라고요.

저는 대학생 때부터 블로그에 일기를 썼어요. 파워블로거가 되겠다는 목표로 하루에 3개씩 포스팅을 하며 매일 일상을 적었답니다. 그렇게 기록한 지 몇 달이 지나 제가 쓴 걸 보게 되었는데요. 제가 꽤 도전적이고, 적응을 잘하고, 바쁘게 사는 걸 좋아하는 사람이라는 사실을 알게 되었어요. 학교 과제를 할 때마다 힘들어하고 지루해하는 걸 보고 전공이었던 패션 디자인이 정말 적성에 맞지 않는다는 것도 알게 되었죠. 그때그때 관심이 가는 정보를 스크랩한 것을 보면서 정보수집을 좋아한다는 것도, 다채로운 컬러를 좋아하는 것도, 제게 어울리는 옷을 찾는 걸 좋아하는 사람이라는 것도 알게 되었고요.

생각과 일상을 기록하는 것이 스스로를 이해하는 데 도움을 준다는 걸 경험했기에 직장인이 되어서도 자주 기록했어요. 특히 퇴사를 마음먹은 후 매일 기록을 했는데 큰 도움이 되었답니다. 회사에서 배우고 생각하는 것들을 흘려보내지 않고 꽉 잡을 수 있었거든요. 제가 어떤 사람과 함께 일할 때 힘들고, 어떤 상황에서 일하기 싫고, 무엇을 해야 동기부여가 되는지 매일의 기록으로 조금 더 잘 알게 되었어요.

그렇게 기록을 하며 퇴사하고 싶은 진짜 이유도 발견했어요. 저의 관심사가 온통 회사에서 독립한 사람들에게 있더라고요. 독립한 마케터 정혜윤 님이나 드로우앤드류 님과 같이 '좋아하는 일로 돈을 벌 수 있다는 메시지'를 주는 인플루언서들에 대한 기록이 많았어요. 또 유튜브 〈요즘 것들의 사생활〉을 보며 회사가 아닌 삶의 방식을 택한 사람들의 이야기를 듣고, 캡처하고 있더라고요. 3년 동안 해온 일이 아니라 이제는 새로운 일을 하고 싶은 때가 왔다는 것을 깨달았습니다. 회사에 소속되기보다 혼자 독립해서 자유롭게 일하는 환경을 원한다는 것도요. 제가 원하는 환경이 무엇인지 깨달은 덕분에 저는 자신 있게 사표를 냈어요.

기록을 통해 나를 발견할 수 있다는 것도 글쓰기의 큰 장점이었지만, 더 큰 장점은 글을 쓴다는 행위 그 자체였어요. 나만 보는 글은 물론 다른 사람에게 보여주는 글도 일단 쓰기 시작하면 하나의 문장을 잘 완성하고 싶은 욕심이 생겨요. 어쨌든 말이 돼야 나도 이해하고 남도 이해하니까요. 쓰다 보면 지우고 다시 쓰는 과정이 생기기 마련인데, 그때 계속 생각을 곱씹게 됩니다. 그게 포인트예요. 내가 나에 대해 생각할 시간을 갖는 것. 글을 쓰면서도 스스로에게 질문하는 것. 글을 쓴다는 건 나를 들여다보는 시간을 갖는다는 말과 동일하더라고요. 꼭 수려한 글이 아니어도 쓴다는 행위 자체로 충분하지요.

그러고 보면 진로를 고민하는 친구들에게도 무심코 "너는 뭐가 되고 싶은데?"라는 질문을 던질 때가 많았던 것 같아요. 한 치 앞이 보이지 않는데 앞으로 뭐 하고 싶냐는 말을 들으면 '하고 싶은 게 없는 나 자신'을 스스로 한심하게 여길 수 있지 않을까요. 사실 제가 그랬거든요. 제일 부담스러운 질문이 바로 "앞으로 목표가 뭐예요?"였어요. 인생의 궁극적인 목표를 세우고 사는 편은 아니라서요. 그보다는 "너는 뭘 할 때 제일 재밌는데?", "그 일의 어떤 점이 재밌는데?"로 질문을 바꿔보면 어떨까요? '나는 뭘 할 때 재밌을까?', '그 일이 왜 재밌을까?'를 생각해본다면 지금 하고 싶은 일이 무엇인지 알게 될 거예요.

스스로를 위해 그 질문들을 글로 쓰는 시간을 가져보기를 추천합니다. 꼭 긴 시간을 투자하지 않아도 괜찮아요. 하루에 5분만 투자해서 오늘 느낀 감정을 적어보는 것만으로도 큰 도움이 될 거예요. 앞으로 하고 싶은 것이 없어도, 내 마음을 따라가다 보면 찾을 수 있을 거예요. 제가 그랬던 것처럼요.

혼자 글쓰는 게 어려운 분께 추천하는 모임

밑미 nicetomeetme.kr

자아성장 큐레이션 플랫폼 밑미에서 진행하는 모임, 온라인 리추얼을 추천합니다. 리추얼은 나에게 집중하는 시간이자, 마음이 괴로울 때 나를 일으킬 수 있는 작은 일상을 말하는데요, 오랫동안 자신만의 리추얼을 유지한 리추얼메이커가 진행하는 모임에 참가해서 나만의 리추얼을 만들 수 있어요. 저는 하루를 정돈하는 이브닝 요가×글쓰기 모임에 석 달 동안 참여하면서 매일 글을 쓰고 요가 하는 습관을 한동안 유지했어요. 리추얼메이커님이 응원해주시고, 함께하는 다른 참가자들도 있다 보니 자연스럽게 실행하게 되더라고요. 지금은 매일 루틴 컬러링×글쓰기 모임에 참여해서 저의 하루를 돌아보는 회고의 시간을 갖고 있답니다.

메모어 memoirapp.com

메모어는 일주일에 한 번 회고를 올리는 모임이에요. 12주간 보증금 20만 원을 내고 작성하지 않거나 댓글을 달지 않으면 보증금이 차감되는 방식이죠. 저를 돌아보는 시간을 갖지 않으면 일상을 흘려보내게 되어서 억지로라도 쓰게 하고자 회고 모임 메모어에도 참여하고 있습니다. 인생을 열심히 살고 싶어서 모인 사람들의 일주일 회고를 보다 보면, 나만 이렇게 힘들게 사는 게 아니구나 하고 안도하기도 하고 자극을 받기도 해요.

한달어스 handal.us

한달어스는 실천을 기록하고 공유하는 커뮤니티입니다. 매일의 미션이 있고 그걸 다른 사람들과 함께 달성하며 습관으로 만드는 거예요. 밑미, 메모어와 큰 차이점은 공개된 SNS에 글을 올려야 한다는 거예요. 저는 SNS에 공개적으로 글을 올리면 더 실천하게 되는 스타일인데요. 저와 비슷한 분들께 추천하고 싶어요.

좋아하는 일로 먹고산다는 판타지에 대하여

지난 레터에서 사이드 프로젝트에 대해 소개해드렸는데, 그사이 사이드 프로젝트를 결심한 분이 있을지 궁금해요. '덕업일치'라는 말, 들어보셨나요? 덕질과 업이 일치하는 삶을 '덕업일치'라고 하는데, 저에게 사이드 프로젝트는 덕업일치로 가기 위한 준비 단계였어요. 좋아하는 일을 직업으로 삼는다는 것, 너무 설레지 않나요?

우리는 모두 자신이 추구하는 이상과 현실 사이에서 분투하고 있을 거라고 생각해요. 제 이상은 '좋아하는 일로 먹고사는 삶'이었어요. 저는 좋아하는 일을 하며 살아야 하는 줄 알고 자란 밀레니얼 세대예요. 상상만 해도 두근대는 '꿈' 혹은 장래희망을 누구나 하나쯤은 가지고 있어야 한다고 교육받았지요. 그렇게 이상을 좇던 제가 스무 살이 되어 마주한 현실은 꿈을 이야기하기에는 끝없는 경쟁으로 각박해 보였어요. '평범한 삶도 욕심인 것 같은데 꿈이 웬 말이야? 하지만 내가 꿈꾼 삶은 내가 좋아하는 일을 하는 삶인데' 하고 고민했어요. 하고 싶은 일을 찾는다며 뒤늦게 대학에 입학했지만, 그전까지도 얼마나 불안했는지 몰라요. 좋아하는 일이라는 게 정말 있는 건지, 언제 좋아하는 일을 찾을 수 있을지 기약이 없었으니까요.

좋아하는 일을 업으로 하면 더이상 그 일을 좋아할 수 없게 된다고 말하는 분도 있었어요. 좋아하는 일을 하는 사람(즐기는 사람)은 노력으로 이길 수 없다는 말로 응원해주는 분도 있었고요. 어떤 것이 정답인지는 모르겠지만 제게는 선택지가 없었어요. 저는 좋아하는 일이 아니면 금방 포기해버리고 끈기 있게 못 하는 사람이었거든요.

찾았다! 좋아하는 일

저는 알바도, 전공도, 직장도 마음이 끌리는 대로 흐르듯이 살았어요. 일이나 공부를 잘 못할 때도 제 문제가 아니라 더 좋아하는 일을 찾지 못해서 그런 게 아닐까 생각했고요. 지난번 레터에도 언급했듯이 한 가지로 정리되지 않는 다양한 일을 해와서 남들이 보기에는 비효율적인 삶을 살기도 했어요. 당시에는 스티브 잡스가 말한 것처럼 '점'

이 결국 '선'으로 연결될 거라는 믿음으로 제가 좋아하는 일을 찾아나가는 걸 이어갔어요. 그리고 운 좋게도 첫 직장에서 좋아하는 일을 찾았습니다. 사실 운보다 제 노력의 결과라고 자신 있게 말할 수도 있어요. 제가 어떻게 점을 선으로 만들었는지 설명해볼게요.

저의 첫 회사는 글로벌 시계 브랜드의 마케팅팀이었어요. 그 당시에는 마케팅이 뭔지 제대로 모른 채 패션업계의 마케팅이니 '재밌겠다' 하고 들어간 거였어요. 처음에는 인스타그램에 올라갈 포스팅을 작성하고, 협찬으로 나갈 재고 관리를 했어요. 시간이 지나며 협찬하는 업체들과의 커뮤니케이션이 늘기 시작했는데, 정작 제가 꿈꿨던 마케팅 실무는 대행업체에서 담당하고 저는 그 사이에서 커뮤니케이션만 하고 있다는 인상을 받았습니다. 그래도 몸이 편했으니까 나쁘지 않다고 생각했어요. 커뮤니케이션만 실수 없이 하면 6시 반에 퇴근하는 워라밸이 보장되는 곳이었으니까요. 다만 9시간 동안 회사에서 일하다가 퇴근할 때면 종종 이런 생각이 들었어요. 이곳에 계속 다니다 보면 내가 더 좋은 마케터가 될 수 있을까? 혹시 내게 더 맞는 일은 없을까? 원래 회사라는 게 이런 걸까?

그러던 어느 날, 대규모의 신제품 론칭 행사에 전 직원이

판촉을 위해 투입된 날이 있었어요. 주말을 반납하고 일해야 했지만 고객들의 반응을 보는 것이 좋았어요. 온라인으로 설명할 때보다 가까이에서 고객의 니즈를 알아가는 게 너무 재밌더라고요. 그 행사 마지막 날, 어떤 고객이 구매했던 제품에 불만을 갖고 행사장을 방문했어요. 거친 말투로 이미 착용했던 제품에 스크래치가 났다며 환불을 요구하더라고요. 저는 가이드 받은 대로 "사용했던 제품은 환불이 불가합니다"라고 반복해서 안내했지만, 화가 난 고객은 막무가내였어요. 결국 영업 팀장님이 오셔서 그분의 이야기를 충분히 듣고, 정말로 환불을 원하는지 여쭙고 할인한 가격을 제시했어요. 화를 내던 고객은 그 오퍼를 받고 거짓말처럼 화를 삭이고 돌아갔답니다. 한 명의 고객이라도 더 만족시키기 위해서는 상황에 따라 문제를 유연하게 해결하는 방법이 필요하다는 것을 그때 배웠어요. 모니터만 보아야 했던 마케팅 업무보다, 현장에서의 문제 해결 상황이 더 짜릿하게 다가왔던 순간이었죠.

단 사흘간의 경험이었지만, 크게 다가왔던 것 같아요. 한 번 지나친 고객은 다시 오지 않는다는 것을 배웠죠. 다음 날 행사장에 올 누군가를 더 잘 설득하기 위해 제품의 스펙을 열심히 외웠어요. 어떤 멘트로 설명해야 할지 머릿속으로 시뮬레이션도 하면서요. 3개월 근무 후 정규직으로 전

환하는 시점이 되었을 때 저는 다시 한번 직무를 바꾸겠다고 결정했어요. 주변에서는 한 달이라도 더 경력을 한 방향으로 쌓아야 한다는 조언들을 했지만 다음 직장을 정하지 않은 채 계약직을 마무리했습니다. 저는 사람을 만나서 대화하고 직접 문제를 해결하는 것이 더 잘 맞는 사람이라는 확신을 가지고요.

퇴사 후 4개월은 기약 없이 이력서를 쓰면서 보통의 취준생과 같은 생활을 했어요. 그러다가 한 스타트업에서 B2B 영업직을 구한다는 것을 우연히 알게 되었습니다. 저는 동물에 관심이 많은데, 반려동물 카테고리의 담당자를 구한다는 공고에 왠지 모를 확신이 들었어요. 평소에는 면접 때 많이 떠는 편인데 이 일을 나에게 맡겨주면 정말 잘할 자신이 있다는 것을 스스로 확신하고 있었기 때문에 크게 떨지 않고 면접을 보았고, 일을 시작할 수 있었어요. 역시나 일을 시작하고 나니 시간 가는 줄 모르겠더라고요. 노동을 했지만, 내가 좋아서 자발적으로 한 일인데 돈도 벌다니! 정말 말 그대로 '덕업일치'의 시간이었습니다.

좋아하는 일을 하나의 '직무' 또는 '회사'에 한정 지어서 생각하기가 쉽잖아요. 이런 고정관념은 좋아하는 일을 찾는 걸 어렵게 하기도 해요. 저 또한 B2B영업직을 처음 시작했을 때 어떤 직무인지 어렴풋하게만 알고는 입사했답니다. 들어와서 알게 된 사실인데 회사도 직무 적합성보다 제가 어떤 사람인지를 중점적으로 보고 채용했더라고요. 그 일을 해본 사람보다 회사가 추구하는 가치관을 가졌는지가 더 중요할 때가 많아요.

영업직을 해야겠다는 확신은 없었지만, 적어도 첫 회사에서 경험한 마케팅 업무는 저와 맞지 않는다는 것을 확실히 알았어요. 지금 생각해보면 마케팅 업무도 회사마다 천차만별이다 보니, 제가 다른 회사의 마케터로 일을 시작했다면 어땠을지 모르겠어요. 그만큼 '직무' 위주로 생각할 필요가 없는 거죠. 나와 맞는 가치관을 가진 회사를 찾고 그 안에서 잘 할 수 있는 것을 찾아보는 것도 하나의 방법이었다고 말하고 싶어요.

누가 내 치즈를 옮겼을까?

이직 후 반려동물 브랜드의 B2B영업자로 시간 가는 줄 모르게 재밌게 일했어요. 자발적으로 야근을 하고, 주말에는 온갖 펫페어를 돌아다니며 일이 곧 삶인 것처럼 살았죠. 일이 얼마나 즐거웠는지, 그때의 저를 생각하면 미소가 지어져요. 뭐가 그리 좋았을까, 하고요. 그렇게 좋아하는 일을 비로소 찾았으니 계속 그 일을 하면 될 거라고 생각했죠. 그러나 3년 차가 되었을 때 좋아하는 일이 더이상 좋지 않다는 것을 알게 되었어요. 제가 너무 좋아하는 일을 변하게 만든 원인이 무엇인지 떠올리며 회사를 원망하기도 했어요. 곰곰이 생각해보니 회사의 상황이 변했고, 제 위치도 변하면서 처음과 같지 않은게 당연한 일이었어요.

어릴 때 읽었던 『누가 내 치즈를 옮겼을까?』라는 책이 생각났어요. 변화에 대한 거부감과 두려움을 어떻게 받아들여야 하는지 알려주는 짧은 우화인데요. 책에 등장하는 생쥐 두 마리는 자신이 좋아하는 치즈를 찾은 후에도 계속 변화에 민감하게 반응해요. 반면, 인간 두 명은 좋아하는 치즈가 평생 그곳에 있을 거라고 굳게 믿어요. 그러던 어느 날 치즈가 없어지죠.

저 또한 좋아하는 일을 찾으면 더이상 진로 고민은 하지 않을 거라고 생각했어요. 그래서 좋아하는 일을 찾았을 때 정착하고 싶었나 봐요. 그런데 좋아하는 일은 취향처럼 언제든 바뀔 수 있다는 걸 알게 된 거죠. 작년에는 친구들과 왁자지껄하게 떠나는 여행이 좋았는데, 올해는 혼자 여행하는 게 좋아질 수도 있잖아요. 좋아하는 일도 마찬가지더라고요. 좋아하는 치즈가 없어졌을 때 생쥐 두 마리는 새로운 치즈를 찾으러 곧바로 발걸음을 돌렸어요. 인간들은 그 자리에서 계속 자신의 상황을 확대해석하고 좌절하며 시간을 보냅니다.

제가 딱 그랬어요. 좋아하는 일을 찾는 것도 힘든데, 다시 찾아야 한다니! 하지만 어쩌겠어요. 툭툭 털고 다시 좋아하는 일을 찾기 위한 여정을 시작했습니다. 사이드 프로젝트를 진행하고 나 자신을 알아가기 위한 글을 쓰면서 말이죠. 이번에도 '직무'나 '회사'를 찾아 이력서를 작성하는 일은 하지 않았어요. 그 대신 충분히 나 자신에 대해 알아보고, 내가 뭘 좋아하는지 다시 정리했어요. 좋아하는 것들은 욕망과 연관이 있잖아요. 나는 어떤 사람을 부러워하지? 나는 어떨 때 행복하지? 이런 질문들을 던지고 답하는 건 욕망의 주인이 되어나가는 과정이라고 생각해요. 이에 대한 답은 저도 아직 찾아가는 중이에요. 내가 어떤 치즈를 좋아하는지를 알려면 많이 시도해봐야겠죠. 여러분은 어떤 치즈를 좋아하나요? 아직 모르고 있다면, 탐색로에 발을 딛는 것부터 시작해보세요.

나의 욕망은 무엇일까요?

동물처럼 본능적인 욕망도 있지만, 우리는 인간이기에 복잡한 욕망을 가지고 삽니다. 저는 '좋아하는 일을 하는 사람들'이야말로 욕망에 충실한 사람이라고 생각하는데요. 똑똑하게 계산적으로 살아가야 한다고 말하는 세상에서 여러분은 고유의 욕망을 잊고 살아가고 있지는 않나요? 나의 욕망을 찾아 나서는 길에 도움이 될 만한 철학자들의 말을 소개합니다.

💻 유튜브 〈세바시 강연〉

135회 자신의 욕망에 집중하라 : 최진석(서강대학교 철학과 명예교수)

저는 강의와 책으로 새로운 지식과 영감을 얻는 걸 좋아해요. 그런데 언젠가부터 배워야 할 것들이 너무 많고, 읽지 않으면 뒤처질 것 같은 책들이 많다고 느껴지더라고요. 허겁지겁 많은 경험을 하고, 공부한 후에 뒤돌아보면 그 전보다 더 행복하거나 자유롭지 않았습니다. 좋아하는 게 무엇인지, 나는 어떤 사람인지 희미해지기만 했죠. 강연에서 최진석 교수님은 그 점을 지적합니다. 자신에 대해 알아가기에 세상에는 알아야 할 것이 너무 많다고요. 자신의 욕망을 드러낼 시간을 스스로에게 주고 있는지 자문해볼 수 있는 강의입니다.

📖 **책 『자기 결정』(페터 비에리 지음, 문항심 옮김, 은행나무)**

여러분은 지금 자신의 모습에 만족하나요? 좋아하는 일을 해야 한다고 실컷 이야기하긴 했지만, 사실 좋아하는 일을 하고 있지 않더라도 지금 자신에게 만족하면 그만입니다. 페터 비에리 교수의 강연을 엮은 이 책은 자기 결정적인 삶의 가치에 대해 이야기합니다. "행위와 사고와 감정과 소망에 있어서 되고 싶어 하는 모습의 사람이 되었을 때, 그것을 자기 결정적 삶이라고" 정의합니다. 하지만 우리는 우리의 행위가 생각과 일치하는지 감정에 대해서도, 소망에 있어서도 알지 못할 때가 많죠. 퇴사를 고민한다면 한번 생각해보셨으면 좋겠어요. 여러분은 어떤 사람이 되고 싶은가요? 회사에 있더라도 그것이 자신의 선택이라면 행복할 수 있습니다. 프리 워커가 되더라도 자신이 원하는 모습이 아니라면 불행할 수밖에 없고요.

이직 아닌 퇴사가 두렵지 않냐고 물으신다면

"저 퇴사해요. 이직은 아니고 홀로서기 실험을 해보려고 해요"라고 했을 때, 가장 많이 들은 말이 뭔지 아세요? 바로 "대단하다"였어요. 처음에 들었을 땐 '그래, 대단할 수 있지'라고 생각했는데 만나는 사람마다 그 말을 하니 고개를 갸웃하게 되었어요. '나는 그저 다니던 회사를 그만두고, 홀로서기 실험을 해보려는 것뿐인데 그게 그렇게 대단한 일인가?' 하고요. 그분들이 대단하다고 하는 이유는 무엇인지, 왜 대단한 건지 곰곰이 생각해봤어요. 그런데 몇 년 전의 저를 떠올려보니 저도 그렇게 말했을 것 같더라고요. 퇴사는 예측할 수 없는 미래로 나아가는 거잖아요. 매달 따박따박 들어오는 월급이 아닌 진짜 정글로 스스로 가겠다니, 정말 대단하다는 뜻에서 한 말이란 걸 깨달았답니다.

저도 겁이 많은 사람인데, 어떻게 그런 결정을 내릴 수 있었는지 생각해보면 사직서를 낼 만큼의 용기를 오랜 시간 쌓아온 덕분인 것 같아요. 우리가 선택의 기로에서 갈등하는 건 잘못된 선택을 할까 걱정하는 마음 때문일 텐데요. 덜 익은 용기가 있을 뿐 잘못된 선택은 없다고 생각해요. 어떤 선택이든, 끝까지 노력하는 내가 있다면, 그 안에서 배우고 성장했다면 실패는 존재하지 않지요. 다만 불안함이 나를 흔들기 시작하면 모든 것을 실패라고 여겨서 멈추게 되는 것이 문제 같아요. '실패해도 된다는 용기'를 가지면 그 선택을 끝까지 밀고 나갈 수 있는 원동력이 생기고요. 제가 퇴사를 해도 괜찮겠다는 용기를 얻기까지의 과정을 공유해볼게요.

첫 번째로,
저는 제가 상상하는 미래를 다루는 책을 찾아 읽었어요

앞으로 회사가 아닌 개인으로 살아가는 사람이 더 많아질 것 같은데 과연 내 생각이 맞을까 하는 의구심이 있었거든요. 몇 권의 책만 살펴봐도 개인의 능력으로 독립적으로 살아갈 수 있는 시대가 오고 있다는, 아니 이미 그런 시대라는 이야기가 여기저기서 나오더라고요. 피터 드러커에게 천재적인 통찰력으로 학문적 개념을 현실에 적용했다는 칭찬을 받은 찰스 핸디는 2016년에 쓴 책에서 회사나 직무가 아닌, 내가 해온 프로젝트의 포트폴리오로 나를 소개하는 '포트폴리오 인생'을 40년 전에 예상했다고 말해요.

1981년, 그때 나는 앞으로 20세기 말이 되면 포트폴리오 인생을 사는 사람이 점점 더 많아질 것이라고 예측했다.

찰스 핸디 지음, 이종인 옮김, 『코끼리와 벼룩』(모멘텀)

『도쿄R부동산 이렇게 일 합니다』라는 책을 읽으면서는 정말 설렜어요. 이 책은 회사가 고용을 보장했던 워크스타일 1.0, 자기 역량을 키워 더 나은 회사로 이직하는 2.0시대 이후 워크스타일 3.0의 시대가 오고 있다고 말합니다.

'워크스타일 3.0'은 일하는 방식에서 대안이 될 것이다. 회사에 고용된다는 기성관념에서 벗어나 회사와 독립의 중간쯤에 있으며, 프로젝트를 중심으로 개인들이 모여 팀을 만들고 성과를 내는 방식, 즉 '프리에이전트 스타일'이다. 미래 시대에는 자신이 정말 하고 싶은 일을 하면서 일하는 본질적인 기쁨을 얻을 수 있는 '워크스타일 3.0'이 요구될 것이다.

바바 마사타카, 하야시 아쓰미, 요시자토 히로야 지음, 정문주 옮김, 『도쿄R부동산 이렇게 일 합니다』(정예씨 출판사)

이렇게 저의 고민에 용기를 불어넣어주는 책과 글을 무수

히 찾아보며 '그래, 하나의 회사에만 소속된 회사원이 아닌 미래도 그려볼 수 있겠는데?' 하고 꿈을 키울 수 있었답니다.

두 번째로,
제가 상상하는 미래를 응원해주는 사람과 함께했어요

아무리 책을 읽어도 현실에서 확신을 갖는 건 쉬운 일이 아니지요. 왜 그런 때 있지 않았나요? 어릴 적에 드라마나 영화를 보며 "엄마 나 이런 거 하고 싶어" 했다가 "그런 걸로 어떻게 먹고살려고. 공부나 해!"라는 말을 들었을 때요. 주변에서 "얼토당토않은 소리 하네. 현실이나 직시해"라는 태도로 나를 대한다면, 아무리 현실성이 있더라도 그 미래는 전혀 그려지지 않을 거예요. 앞서 말씀드렸듯이 내가 확신을 가지고 끝까지 밀고 나간다면 그게 진짜 현실로 이루어질지 아닐지는 누구도 모른답니다. 때문에 누가 뭐라고 하든 끝까지 밀고 나갈 수 있는 원동력을 최대한 많이 확보하는 것이 중요하겠죠.

그래서 저는 주변에 저를 무조건 응원해주는 사람과 많은 대화를 나눴어요. 제게 좋은 일이 생겨도 응원하기보다는 토를 다는 사람이나, "그건 좀 비현실적이지 않아?"라고 하는 사람과는 대화를 줄였죠. 특히 저의 파트너 시내 님이 큰 도움을 주었어요. 책을 읽으며, 혼자 상상하며 '이런 것도 해볼 수 있지 않을까?' 싶은 작은 생각들을 던졌을 때 누구보다 진지하게 듣고 질문하고 응원해주었죠. 시내 님의 질문 덕분에 제 생각을 계속 발전시킬 수 있었고, 용기를 얻을 수 있었답니다. 그렇게 함께 꿈꾸던 미래를 그리다 보니 이렇게 같이 글도 쓰고 일도 하면서, 저희가 가졌던 용기를 기어코 현실로 만들게 되었고요.

세 번째로,
제가 하려고 했던 일이 필요한 고객을 많이 만나봤어요

용기를 얻어서 밀어붙인다고 해도, 안 되는 일이 있을 수 있잖아요. 바로 나를 찾아주는 고객 자체가 없을 수도 있고요. 저는 영업직으로 일했던 회사를 다니며 이제 막 시장에 진입하려는 브랜드를 많이 만났는데요. 그분들이 가장 어려워하는 게 바로 '마케팅'이었어요. 제품과 서비스를 아무리 잘 만들어도 그걸 이용하는 고객이 없다면 무용지물이잖아요. 그런데 제품을 다 만들고도 고객 찾는 방법을 몰라서 헤매는 분들이 너무 많았어요. 고민을 듣다 보니 저에겐 너무나 익숙한 온라인 마케팅인데 그게 시도조차 못 하는 분도 많더라고요. 마케팅이 필요한 브랜드가 무수히 많다는 걸 피부로 느끼다 보니, 퇴사를 해서 작은 브랜드의 마케팅을 돕는 일을 도전해볼 수 있겠다는 용기가 생겼답니다.

마지막으로 가장 중요한 건,
내가 나를 믿어주는 것이었어요

책을 많이 읽고, 응원을 받고, 시장을 찾아도 내가 나를 믿어주지 않으면 무용지물이에요. 자신감이 생기지 않는다면, 앞서 소개한 과정을 통해 천천히 용기를 쌓아올리는 시간을 충분히 가져보세요. 그래도 남들이 뭐라고 할까 봐, 현실성이 없다는 말을 들을까 봐 고이고이 접어두게 된다고요? 찾아보면 그 분야에서 한 발 먼저 앞선 사람이 한 명쯤은 꼭 있을 거예요. 그분의 책이나 이야기로 용기를 조금 더 쌓아보는 것도 방법이에요.

제게 가장 큰 영감을 준 분은 『퇴사는 여행』을 쓴 정혜윤 님이었어요. 저도 퇴사를 꿈꾸던 때, 혜윤 님이 퇴사를 알리며 브런치에 쓴 글 〈주 5일 출근하는 삶에서 독립〉을 인상 깊게 읽었거든요.

이직의 기회도 있었지만, 나는 아예 다른 방향으로 가보기로 결정했다. 시간과 공간에 구애받지 않고 할 수 있는 일은 자유롭게, 계속하면서 나만의 길을 만들어나가보기로 했다.

정혜윤, 〈주 5일 출근하는 삶에서 독립〉

저는 혜윤 님의 브런치를 오랫동안 읽어왔고, 혜윤 님이 브랜드 마케터였던 스페이스오디티의 뉴스레터를 1호부터 구독했어요. 그 이후로도 혜윤 님의 글, 책, 유튜브를 꼬박꼬박 챙겨보며 많이 배웠고요. 재작년 말에는 혜윤 님이 진행하는 모임에 참여하면서 직접 만나 이야기 나누고, 응원도 받으며 더 큰 용기를 얻을 수 있었답니다.

제가 혜윤 님을 만나서 응원을 받은 것처럼 그 사람에게 정중하게 만남을 요청하거나 메일을 보내보는 것도 방법이에요. 제가 되고 싶은 롤모델이 할 수 있다고 용기를 주니 저를 더욱 믿게 되었거든요. 이렇게 용기를 차곡차곡 쌓는다면 언젠가는 그 용기가 여러분의 자신감이 될 거예요.

직장의 시대가 끝나가고 있대요

더 나은 커리어 선택을 도와주는 해외 뉴스레터 〈The Jungle Gym〉에서 2030년까지 현재 대학생의 85퍼센트가 지금 존재하지 않는 직업을 갖게 될 거라고 말합니다. 크리에이터 이코노미 시장이 커지면서 회사에 소속해 9 to 6로 일하지 않아도 살아갈 수 있는 다양한 레퍼런스가 등장하고 있어요. 먼 미래 같다고요? 코로나로 인해 갑작스럽게 재택근무를 시작하게 된 것처럼, 회사 없이도 살아가는 프리 워커가 정말 많아지고 있답니다. 앞으로는 "○○회사에 다니는 누구"가 아닌, "○○프로젝트와 ○○프로젝트를 진행하는 누구"처럼 참여한 프로젝트들의 맥락으로 자신을 설명하는 사람이 압도적으로 많아질 거예요.

'설마, 그게 말이 돼?'라는 생각이 드는 분들께는 앞서 추천한 책 『도쿄 R 부동산 이렇게 일 합니다』, 『코끼리와 벼룩』, 『인디펜던트 워커』와 『뉴타입의 시대』를 추천합니다.

『도쿄R부동산 이렇게 일 합니다』에서는 회사에 소속되어 있지만 다른 일도 병행할 수 있는 N잡 프리 워커, 프리 에이전트라는 개념으로 일할 수 있는 '도쿄R부동산'이라는 회사의 업무 방식을 엿볼 수 있고요.

『코끼리와 벼룩』에서는 일찍이 자본주의의 변화를 예측해서 조직에 기대지 않고 독립생활자로 살아가는 방법에 대해,

『인디펜던트 워커』에서는 주체적으로 일하는 사람들이 일에 지치지 않고, 자신이 좋아하는 일을 자신에게 맞는 환경에서 일하는 방식을 엿볼 수 있었고,

『뉴타입의 시대』에서는 새로운 시대가 요구하는 인재는 어떤 사람인지 알 수 있었답니다. 예를 들면 규칙보다 감각을 따르는 것이 새로운 인재상이 되어가고 있다는 것을요.

네 권의 책을 읽으며 회사 없이도 살아갈 수 있는 시대가 코앞에 다가왔다고 생각했어요. 몇 년만 지나도 보편적인 업의 방식이 될 텐데, 하루라도 빨리 회사를 나와서 적응해야겠다는 직감이 들었답니다. 또 그 길을 먼저 개척해서 뒤에 따라오는 사람들에게 제 경험을 나눠주고 싶기도 했고요. 개척자가 되고 싶은 분들이 있다면 아직 늦지 않았어요. 지금부터가 진짜 시작일 거예요.

떠날 때가 되면 보이는 것들

여기까지 읽어온 분들은 이 두 사람이 언제쯤 퇴사를 하나 궁금해하실 텐데요. 퇴사를 결심하기까지 이렇게나 많은 고민이 필요했다는 점을 말씀드리고 싶어서 이만치 달려왔습니다. 이제 마지막, 퇴사를 결심한 후의 이야기를 해볼게요.

이직이나 퇴사를 해본 분이라면 알 거예요. '퇴사'라는 말을 입 밖에 꺼내기 전부터 마음가짐이 달라지는 것을요. 속 시원하기만 한 경우도 있겠지만, 저는 좋아했던 회사를 떠나는 터라 섭섭함이 컸어요. 그래서 그 마음을 달래기 위해 3개월쯤 사직서를 마음에 품고 회사에 다녔답니다. 그리고 깨달았어요. '아차, 내가 평생 다닐 것처럼 회사를 다녔구나' 하고요. 평생 살 것처럼 살아가는 사람은 근시안적일 수밖에 없잖아요. 미래를 위해 현재를 희생하는 걸 당연하게 생각하고요. 목표를 달성하기 위해 경주마처럼 달리다가 결국 깨닫죠. 더 즐길걸… 하고요.

마음속에 사직서를 품고 다닌다면 일도 열심히 안 할 것 같고, 편하게 지낼 것 같지만, 아니었어요. 퇴사하기로 마음먹으니 더 열심히 남은 시간을 온전하게 보내고 싶어졌어요. 다른 부서 사람들에게도 좀 더 이해의 말들을 건네고, 주변 동료들의 어려움을 이제라도 챙기고 싶었죠. 반면 상사의 평가가 두려워 못했던 말들도 할 수 있게 되었어요. 떠난다고 생각하니 별것이었던 것들도 별것이 아니더라고요. 회사를 떠나면 다 부질없어질 '인센티브', '상사의 평가'보다 더 본질적인 것들이 보이기 시작했어요. 바로 '사람' 그리고 '일의 본질'이었습니다.

회사에서 만난 사람들과 남남처럼 지내는 직장의 비율이 더 높을 듯해서 공감하실지 모르겠어요. 저는 지금의 동업자 수현 님도, 룸메이트도 모두 회사에서 만난 사이거든요. 저는 일로 엮인 사람들을 공적인 관계 이상으로 생각하고, 어떤 면에서는 사적인 친구들보다 저를 더 잘 아는 사람들이라고 생각해요. 일을 함께하다 보면 제 장점과 단점을 숨기려 해도 알 수밖에 없잖아요. 일을 함께해야 하니 서로의 단점에 대해서는 피드백을 주며 고쳐나갈 수 있게 도와주기도 하고, 장점을 알기에 도움을 요청하기도 하죠. 무엇보다 하나의 목표를 향해 달려갔던 경험이 주는 성취감의 기억이 전우애처럼 남아 있어요.

언제나 좋았다면 거짓말이에요. 일하면서 있었던 기분 상하는 일들을 생각하면 회사에서 다시 저 사람의 얼굴을 봐야 하는 게 곤욕스러울 때도 있었어요. 일의 본질을 잊고 불필요한 뒷담화와 정치, 논리 싸움으로 치달을 땐 안타까웠고요. 저 또한 예외는 아니에요. 뒤돌아보았을 때 가장 후회스러웠던 것이 정치질하는 동료를 속으로 욕하고 목소리를 내지 않았던 거였답니다.

직장인에서 직업인으로, 두 가지 고민들

퇴사를 3개월 앞두고는 두 가지 고민을 했어요. 첫 번째는 '내가 회사를 떠나 독립적으로 존재해도 될 만큼 일을 잘하는가?'였어요. 다시 신입사원의 마음으로 돌아간 것처럼 저의 일하는 방식을 면밀하게 점검했어요. 입사 후 2년간은 더 일을 잘하기 위해 주변을 살피고 전진했다면, 2년 차로 접어들면서는 후배도 들어오고 가만히 있어도 일이 제법 돌아가니 그때부터 매너리즘이 오더라고요. 내가 일을 '잘할 수 없는 외부 원인'들에 집중했기 때문인 것 같아요.

시스템은 비효율적인 데다가 왜 이렇게 내가 하고 싶은 일들은 못 하게 하는지. 내가 바꿀 수 없는 것들에만 집중하니 더 무기력해졌던 거예요.

초심으로 돌아가 '잘할 수 있는 방법'을 찾아보기 시작했어요. '어떻게 하면 내가 동료의 영감/도움이 될 수 있을까', '어떻게 하면 이 시스템의 부재를 보완할 수 있을까', '어떻게 하면 더 효율적으로 일할 수 있을까' 수현 님과 고민들을 나누면서 팀 내에 정보를 간편하게 알려줄 수 있는 뉴스레터를 시도해보기도 하고, 프로모션 일정을 놓치는 팀원들을 위한 시트를 자발적으로 만들기도 했어요. 그때 동료들에게 받았던 피드백들로 더 힘을 얻어서 마지막 3개월을 아름답게 마무리할 수 있었고요.

퇴사 후 두 번째 고민은 '내 앞에 붙은 회사 이름을 떼기 전까지 어떻게 하면 직장을 잘 활용할 수 있을지'였어요. 회사에 다닐 때, 회사 울타리 안에 있는 지금이라도 더 많은 일을 시도해야겠다고 생각했죠. 앞서 이야기한 것처럼 사이드 프로젝트도 시도하고 출판사에 보낼 원고를 작성하기도 했어요. 또, 포트폴리오를 제작하며 저를 필요로 할 만한 사람이 누구일지, 그들에게 제공할 수 있는 서비스를 고민하고 발전시키기도 했고요.

저는 영업직이었기 때문에 내부 직원들이 만들어놓은 좋은 서비스를 셀링하러 다녔던 사람이에요. 그런데 정작 제 서비스를 만들려고 하니 막막하더라고요. 전문 지식도 없고, 기술도 하나 없는데 나를 어떻게 팔 수 있을까? 최근에는 독립한 프리 워커들의 커뮤니티가 많이 생겨서 먼저 독립한 사람들의 도움을 받을 수 있는데요. 추천해요. 눈 씻고 찾아봐도 장점 하나 없는 것 같던 나에게도, 아무도 써주지 않을 것 같은 내 능력도 잘 정리해보면 쓸모가 있더라고요. 회사에 다니는 동안 최대한 그 쓸모를 찾아보세요.

우리는 언젠가 회사를 떠납니다. 그 시점이 30대가 됐든, 50대가 됐든 후회 없이 떠나고 싶다면 끝이 있다는 사실을 기억하는 것만으로도 도움이 되더라고요. 당장 퇴사하고 싶은 마음이 없더라도 한번 고민해보세요. 내일 퇴사한다면 어떻게 먹고살 수 있을까? 답을 내기 어려워도 괜찮아요. 질문을 던져보는 것만으로도 시야가 달라졌다고 느낄 거예요.

지금 퇴사해도 괜찮을까?

최근에는 퇴사 말고도 일의 형태가 다양해지고 있어요. 직장이 있지만 다른 일들도 문어발처럼 해내는 N잡러, 내 몸값을 올리면서 살아가는 프리 워커, 부가가치를 창출하는 사업가, 나는 어떤 일의 형태가 잘 맞는지 모르겠다면, 퇴사하는 게 맞는지 고민된다면 조금 가벼운 마음으로 이 테스트를 해보세요.

두려움도 대비했으니, 이만 퇴사하겠습니다

퇴사하는 날이 가까워지면 아쉬운 마음이 클 줄 알았는데, 저는 더 신이 났어요. 휴대폰으로 보던 다른 세상의 이야기를 제 이야기로 만들고, 머릿속으로 상상하던 것들을 시도해보고 싶었거든요. 회사에 퇴사하겠다고 말했을 때 감사하게도 프리 워커로 함께하는 것도 생각해보라는 제안을 주셨지만, 저는 회사를 벗어나서 어디까지 성장할 수 있을지 실험해보고 싶었어요. 감사한 마음을 뒤로하고 혼자 도전해보기로 했죠.

사실 신나는 감정 곁에는 두려운 감정도 공존했습니다. 그렇게 신나면서도 퇴사 이후가 두려웠어요. 원하는 일을 할 수 있다는 건 그만큼 나 자신을 온전히 책임져야 한다는 것이니까요. 출근하지 않을 때를 구체적으로 상상하며 내게 어떤 상황이 닥치면 불안할지 시뮬레이션을 돌려보았죠. 그랬더니 회사에 입사하기도 전인 대학생 때 1년간 하고 싶은 일을 찾겠다고 휴학했던 시기가 떠올랐어요. 그때 저는 새벽까지 휴대폰만 보다가 잠들고, 늦게 일어나서 하루가 다 갔다는 상실감에 또 밤늦게까지 휴대폰만 보며 몇 달을 보냈거든요. 아무런 일이 없을 때 지루해하다가 자괴감에 빠져 아무것도 하지 못했던 과거를 반복하지 않기 위해 대비해야 했습니다.

퇴사 이후의 계획을 세우기 위해 시내 님과 서촌의 보안여관이라는 곳으로 1박 2일 워크숍을 갔어요. 퇴사하고 앞으로 우리가 어떤 일을 할 수 있을지 이야기 나누기 위해서요. 온라인 플랫폼에서 작은 브랜드의 제품 판매를 도왔던 저희는 상세페이지를 기획하는 일에는 자신이 있었어요. 상세페이지는 기획만 한다고 되는 게 아니라 디자인도, 사진도 필요하다 보니 함께할 사람을 어디서 어떻게 찾을지, 언제 미팅을 할지 구체적으로 계획했고 상세페이지 기획 말고도 할 수 있는 일을 리스트업 했어요. 그 과정을 이렇게 책으로 쓰는 것도 당시 계획에 있었답니다. 그날은 목차를 만들었는데 이렇게 책을 쓰고 있네요.

계획뿐 아니라 또 대비해야 하는 상황이 있었어요. 저는 특히 모아둔 자금이 넉넉하지 않을 때 심적으로 크게 불안해하는 편이랍니다. 퇴사를 하고 일이 어떻게 될지 모르니 퇴직금을 포함해 총 2천만 원의 여유자금을 확보해두었어요. 매달 저에게 꼭 필요한 기본적인 생존예산이 얼마인지 계산해서, 2천만 원이면 수입 없이 몇 달을 버틸 수 있는지도 계산해봤고요. 무엇이 나의 우선순위인지 정리해보았죠.

돈이나 일이 없는 것보다 실력에 대한 두려움이 더 큰 시내 님은 온라인 강의 플랫폼에서 마케팅 관련 강의를 열심히 듣기 시작했고, 트레바리에서 알게 된 분들과 함께 사이드 프로젝트 모임 플랫폼을 시작하기도 했어요. 사람마다 서로 두려워하는 영역도, 두려움에 대비하는 방법도 다르더라고요. 이렇게 두려워하는 영역이 다른 저희는 각자의 두려움에 대비하기 위해 퇴사하기 전부터 노력했답니다.

여러분은 퇴사 후 무엇이 가장 두려운가요? 회사 없이 독립이라는 망망대해를 건너기 위해서는 두려움이라는 적을 꼭 물리칠 수 있어야 한답니다. 나의 적을 알고 미리 대비하면 든든하겠죠?

퇴사 후 일을 찾아볼 수 있는 플랫폼

아마 퇴사 후 가장 두려운 건 바로 '일감'과 '돈'일 것 같아요. 휴식을 갖는 동안 손쉽게 일감도 찾고 돈도 벌 수 있는 플랫폼들을 알려드릴게요.

크몽 kmong.com

많은 분이 이미 알고 있는 프리랜서 마켓 플랫폼이에요. 프리랜서부터 직장인까지 아주 작은 재능도 팔 수 있는 곳이죠. 제가 아는 직장인은 대학생 자기소개서 첨삭으로 한 달 월급 이상을 벌고 있다고 하더라고요. 크몽에서 팔 수 있는 건 재능만이 아니에요. '이런 것까지 돈으로 바꿀 수 있다고?' 하는 아주 작은 단위의 비즈니스 모델에 대한 힌트부터, 다른 프리랜서의 단가까지 엿볼 수 있죠. 내 재능을 얼마에 팔아야 할지는 누구에게나 고민이잖아요. 물론 공개된 플랫폼이라 가격 경쟁이 매우 세서 시장가격보다 낮은 편이긴 하지만, 누가 어떤 업무를 어느 정도의 단가로 책정하는지 엿볼 수 있답니다.

🏳 숨고 soomgo.com

숨고도 크몽과 비슷하게 프리랜서들이 많이 활용하기도 하지만, 생활서비스 위주로 해당 분야의 전문가를 찾을 수 있는 플랫폼이에요. 내가 원하는 조건의 고수를 설문조사로 쉽고 빠르게 매칭해주죠. 저도 숨고에 고수로 등록만 해두고 아직 일을 해본 적 없는데요. 제가 따로 영업하지 않아도 기입한 조건만 맞으면 고객의 요청서가 도착해요. 요청서를 받아보고 나서 제가 신청해야만 매칭이 되기 때문에 굳이 일을 받고 싶지 않으면 거절해도 되는 장점이 있습니다.

🏳 원티드 긱스 wanted.co.kr/gigs

새로 생긴 프리랜서 전문 매니징 플랫폼이에요. 매칭부터 상담, 분쟁 조정 및 스케줄 관리까지 전담 매니저가 케어해준다고 해서 저도 종종 둘러보곤 해요. 혼자 일할 때 정말 어려운 게 그런 부분이거든요. 아직 시작한 지 얼마 안 되어 프로젝트가 많은 편은 아니지만 점점 더 성장할 것 같아 기대하고 있어요.

NEW +3

IMPORTANT

INBOX +3

SENT

by smallbrander

small letter

회사 밖에서 잘 살고 있냐고 물으신다면

Scroll

퇴사만 하면 마냥 행복할 줄 알았는데

퇴사 후, 저는 행복한 삶을 살고 있을까요?

처음에는 그냥 신나기만 했어요. 아침에 늦게 일어나도 뭐라고 하는 사람도 없고, 꼭 해야 하는 일도 없었죠. '평일 낮에 카페에 다니는 사람은 대체 누구지?' 했는데 제가 그런 사람이 되었다는 것도 짜릿했어요. 날씨가 아무리 좋아도 일해야 할 때 참 아쉬웠는데, 봄에 퇴사한 덕에 산뜻한 날씨를 만끽하며 산책할 수 있는 것도 행복했어요. 시내 님이 먼저 회사를 정리하고 저는 한 달 정도 늦게 퇴사했는데 거의 매일 만나 앞으로를 구상하면서 "재밌다!"라는 말만 몇 번을 했는지 몰라요. 어떤 때는 회사에 다니는 친구들을 보며 '하… 회사 밖에 행복한 세상이 있는데 참 안타깝네' 생각하기도 했고요.

퇴사 후 2주 정도 쉬자 일하고 싶어졌어요. 모든 일이 다 재밌어 보였고, 제가 할 수 있는 다양한 일들이 머릿속에 그려지더라고요. 전에는 그 어떤 상상을 해도 제가 다니는 회사 안에서 할 수 있는 일, 제 직무에 해당하는 일 위주로 생각했는데 이제는 그럴 필요가 없으니까 생각을 가두던 머릿속의 유리 상자가 사라지고 무한대로 확장되는 느낌이었어요. 진짜 하고 싶은, 해보고 싶었던 일을 하면서 돈을 벌 수 있다는 생각에 이런저런 상상으로 하루하루를 보냈어요. 그러면서 알고 지냈던 분들을 몇 명 만났더니 감사하게도 바로 일감이 생겨서 정말 뿌듯하기도 했어요.

퇴사 후 만난 첫 난관

그런데 막상 일을 다시 시작하고 나니 예상치 않게 슬슬 힘들어지더라고요. 그렇게 찾던 자유도 얻고, 바로 수입도 생겼는데 말이에요. 초반인 만큼 좋은 포트폴리오를 쌓아야 한다는 압박감도 컸고, 제 이름을 걸고 하는 일이었기 때문에 '더 잘해야 한다'는 생각이 스며들었기 때문이었어요. 제게 덥석 일을 준 분들을 만족시키기 위해 더 잘해야 한다고 스스로를 압박하기도 했고요. 제가 시작한 일들이 모두 처음 하는 일이라는 사실을 간과했던 거죠.

처음 맡은 일은 온라인에서의 제 활동을 보고 의뢰해온 프로젝트였어요. 프리 워커로서 처음 해보는 일이었는데 더 잘하고 싶은 마음에, 똑 부러지게 보이려는 마음에, 물어보면 초보처럼 보일까 봐 그분들이 원하는 게 무엇인지 많이 질문하지 않았어요. 나를 믿고 맡겨준 일이니 알아서 잘 해야 한다는 생각에 그랬던 것 같아요. 막연히 잘할 수 있겠다고 생각하기도 했고요. 사실은 그 누구보다 따끈따끈한 초보인데 스스로를 속인 거죠.

그분들도 외주 작업을 의뢰한 게 처음이다 보니 가장 기본적인 과정인 레퍼런스 공유조차 하지 않고 일을 시작했어요. 상세페이지 기획과 간단한 디자인 툴은 다룰 수 있었기에 제가 상세페이지를 제작하기로 했는데요. 회사에 있을 땐 "상세페이지는 이런 식으로 써보면 어때요?" 하며 피드백하는 일을 하다가, 막상 직접 기획하고 만들기 시작하니 너무 어렵더라고요.

중간중간 컨펌은 받았지만 디자인을 완성했을 땐 그분들이 원하지 않는 결과물이 나왔어요. 저는 혼자 기획부터 디자인까지 한 것 치고 나쁘지 않았다고 생각했지만, 그분들이 기대하는 퀄리티는 아니었던 거죠. 제가 디자이너 출신이 아니라는 걸 알고 계셨기에 그 정도 수준을 원하시는지 몰랐거든요. 기대치를 만족시키지 못했다는 것에 스스로를 많이 탓했어요. 회사라면 실패가 아닌 성장의 과정으로 봤을 수도 있지만, 프로젝트 단위로 계약하는 프리 워커는 결과물이 진짜 중요하다는 걸 깨달았죠. 그때 정신이 팍 들면서 온몸이 긴장으로 곤두섰어요. '나는 아직 프리 워커 업계의 신입인데 경력직인 척 스스로를 속였구나. 빨리 경력직이 되려면 어떻게 해야 하지? 어떻게 하면 좋은 결과물을 낼 수 있지? 나 아직 신입인데 일을 받아도 되나?' 하는 불안함과 혼란스러움이 머릿속을 가득 채웠습니다. 그때 아무것도 모르던 신입 때가 떠올랐어요.

골칫거리 신입사원

신입일 때 제가 원했던 모습은 스타트업에서 화려한 커리어를 쌓은 직장인이었어요. 제가 본 스타트업 업계 사람들은 누구보다 주도적으로 일하고, 나이가 어린데도 굵직굵직한 프로젝트를 경험한 사람들이 많았거든요. 인턴으로 일하며 보았던, 공허한 눈으로 틈만 나면 팀장님을 욕하던 의욕 없고 수동적인 직장인이 아니라, 주체적으로 일할 수 있는 환경에서 빠르게 성장하고 싶었어요. 때문에 주변에서 대기업에 가야 하지 않겠냐고 말할 때 아무도 몰랐던 스타트업에 용기 내어 지원했던 거죠.

막상 입사하고 나니, 제가 바랐던 모습이 멀게만 느껴졌어요. 저는 골칫거리 신입이었거든요. 입사하고 2주 후에 저와 제 동기들은 대표님 앞에서 발표를 해야 했는데요. 너무 못해서 저만 혼자 두 번이나 했어요. 그때는 회사에서 하는 일에 대한 이해도도 떨어졌고, 사람들 앞에서 말하는 것에 자신감이 없어서 발표하는 상황을 최대한 피하고 싶었거든요. 피하고 싶다고 해서 피할 수 있는 것도 아닌데, 제대로 준비하지도 못하고 말을 쏟아내니 이상할 수밖에요. 그러다가 동기 중 저 혼자만 다시 발표를 하게 되었으니 얼마나 스스로가 싫었겠어요.

그렇지만 그때 포기하지 않았어요. 제가 가진 잠재력을 믿고, 앞으로 나아질 일만 남았다고 생각했거든요. 그리고 제가 할 수 있는 최대한의 노력을 했어요. 선배의 미팅을 따라다니며 모든 말을 받아적고, 끝나고 나면 선배가 귀찮아할 정도로 폭풍 질문을 했어요. 퇴근 후에도 혼자 공부했어요. 크라우드 펀딩 관련 책도 읽고, 다른 플랫폼도 둘러보며 시장조사도 끊임없이 하고요. 그때를 떠올리며 이런 생각을 했어요.

'아! 내가 원하는 삶을 살기 위해 용기를 냈다면, 그걸로 끝이 아니라 끊임없이 노력해야 하는구나. 퇴사를 하면,

자유를 찾으면 행복해질 줄 알았는데 내가 진짜 원하는 자유를 얻기 위해서는 끊임없이 노력해야 하는구나.'

사실 저는 제가 퇴사만 하면 날아다닐 줄 알았거든요. 지켜보기만 했을 때는 다 제가 할 수 있는 일이라고 생각해서 회사를 나온 거니까요. 하지만 무슨 일이든 얕게 알면 쉬워 보이는 거더라고요. 겉으로 보이는 한 가지 문제 속에는 보이지 않는 문제 아홉 가지가 있더라고요. 이제는 무슨 일이든 만만하게 보지 않는 태도를 가지려고 해요. 모든 일이 생각했던 것보다 훨씬 어렵지만, 하루하루 괴로움과 행복을 오가며 프리 워커 생활을 하고 있습니다. 처음 해보는 일은 두세 배의 시간을 들이고, 시작하기 전에 혹은 진행하면서도 책과 강의로 부족한 지식을 채우면서요. 또 시키지도 않은 일을 제가 먼저 나서서 굳이 더 하기도 하고요.

골칫거리 신입 때 차근차근 목표를 이뤘던 시간을 떠올리며, 스몰브랜드의 실질적인 성장을 도울 수 있는 사람이 되기 위해 다시 노력을 쌓고 있답니다. 제가 원하는 목표를 이룰 수 있을지 앞으로도 기대돼요. 여러분도 응원해 주실 거죠?

업무 역량을 높여주는 콘텐츠 추천

🔔 콘텐츠 구독

평소에도 업무 역량을 올리거나 트렌드를 파악하기 위해 뉴스레터와 지식 콘텐츠 플랫폼을 구독하고 있어요. 주로 트렌드, 마케팅에 대한 것들인데요. 소개해 드릴게요.

추천 뉴스레터

세상 돌아가는 소식을 알려주는 **뉴닉 NEWNEEK**
하루에 하나씩 트렌드를 알려주는 **트렌드어워드 Trend A Word**
일주일에 한 번 MZ세대의 트렌드를 분석해서 보내주는 **캐릿 Careet**
신제품 소식을 재미있게 소개해주는 **까탈로그**
10년 사업가의 날것의 생각이 그대로 담긴 유료 뉴스레터,
트루스 그룹 윤소정 대표님(@bemyself_sojung)의 **생각구독**
스타트업 업계의 투자 소식과 유용한 정보를 담은 스타트업얼라이언스의
스타트업 위클리 Startup Weekly
스타트업 실무 인사이트를 가득 담는 **그로우앤베터**
프리 워커에게 유용한 정보와 사례를 소개하는 **뉴워커**
작은 브랜드의 성장을 돕는 정보를 담은 **스몰레터**

추천 콘텐츠 플랫폼

사회초년생, 마케터에게 유용한 정보가 가득해서 업무 시간을 줄여주는
퍼블리 publy.co
국내외 주목할 만한 브랜드의 비하인드와 트렌드를 짚어주는
롱블랙 longblack.co
해외 비즈니스를 트렌드를 가장 빠르게 소개하는
데일리 트렌드 dailytrend.co.kr

스타트업, IT 업계 소식을 쉽고 재미있게 소개하는

아웃스탠딩 outstanding.kr

추천 인스타그램

MZ세대의 패션과 라이프스타일 트렌드를 담는 온라인매거진 **@eyesmag**

패션 업계의 핫한 트렌드를 실시간으로 담는 **@dailyfashion_news**

창작자로 살아남기 위해 필요한 지식을 소개하는 **@yeojung.art**

창업, 디자인 인사이트를 얻을 수 있는 인스타그램 웹툰 **@changdi.designer**

그래서 퇴사하고 어떻게 살고 있냐면요

퇴사하고 하루를 어떻게 보내는지 묻는 분이 많았어요. 그때마다 "매일이 다른데…" 하고 고민에 빠지는데요. 아침에 눈뜰 때부터 무얼 하는지 말해달라고 집요하게 물어보는 분들도 있었답니다. 평범한 프리 워커의 하루가 궁금한 건 아마도 퇴사한 후의 하루 일상이 잘 그려지지 않기 때문이겠죠? 그래서 이번 레터에서는 매일매일이 다른 프리 워커의 일과를 이야기해볼게요.

처음 프리 워커가 되고 종일 무엇을 해야 할지, 어떤 일을 먼저 해야 할지부터 시작해서 온통 결정해야 하는 것투성이었어요. 사르트르가 "인간은 자유를 선고받았다"라고 했는데, 마치 그런 기분이었습니다. 처음 가본 곳에서 어디로 발을 내디뎌야 할지 몰라 정처 없이 걸으며 하루를 보내는 기분이랄까요. 프리 워커는 '이렇게 사는 게 맞나'라는 질문에 수도 없이 봉착해요. 수현 님과 저는 서로 그런 고민을 나누는 시간을 많이 가졌어요. 우리가 앞으로 어떻게 살고 싶은지, 어떤 일을 하고 싶은지 대화했죠. 일이 많지 않은 평일에는 일은 옆으로 미뤄두고 아무것도 하지 않는 날도 많았어요. 그러다 보면 시간이 수도꼭지를 틀어놓은 듯 사라져버려서 "오늘 뭐 했더라"로 하루가 끝나버리곤 했죠. 뒤돌아보니 고민의 시간도 의미 있었지만, 내 자존을 지키기 위해서도 하루를 잘 계획하는 것은 중요하더라고요. 유튜버 신사임당 님은 생각하는 시간과 실천하는 시간을 따로 두고 일과를 디자인한다고 하시더라고요. 정말 공감했어요. 고민의 시간을 갖되, 매일 고민만 하면 아무것도 안 되겠더라고요.

회사에 다닐 때와 비교해 주중과 주말이 어떻게 다른지, 그리고 그간 시행착오를 겪으며 어떻게 나만의 루틴을 만들었는지 들려드릴게요.

프리 워커의 주중

처음에는 당연히 하루 루틴이 없었어요. 어느 날은 일을 미루기도 하고, 어느 날은 그 일을 해치우느라 바쁘고, 정기적인 일이 없으니 왔다갔다 하게 되더라고요. 몇 달이

지나며 가장 먼저 필요하다고 느꼈던 것은 주기적인 패턴이었어요. 회사에 다닐 때는 늦어도 8시에 일어나 9시까지 출근 준비를 하고 집을 나서는 게 몸에 익은 루틴이었는데요. 출근할 필요가 없으니 기상 시간이 9시, 10시, 11시까지 오락가락했어요. 아무도 나를 찾지 않으니 언제까지 꼭 일어나지 않아도 된다는 게 장점이자 단점이었습니다.

그 과정에서 자기 경영이 얼마나 중요한 스킬인지 깨달았어요. 사실 아직도 자기 경영이 가장 어렵답니다. 아침 9시에는 책상에 앉겠다고 아무리 다짐해도 누구도 강제하지 않는다는 것을 알기에 잘 지켜지지 않더라고요. 어떤 면에선 취업준비생 때로 돌아간 것 같았지만, 이제는 취업을 하면 끝나는 생활이 아니잖아요. 평생 프리 워커로 살아가기 위해서는 포기할 수 없었어요. 필사적으로 변화할 방법을 찾아야만 했죠.

그래서 제가 실천하고 있는 아침 루틴은 아침마다 투두리스트to-do list를 작성하는 거예요. 오늘 할 일을 중요도와 소요 시간을 예측해 종이에 적는 거죠. 이때 핵심은 최대한 자세하게 쓴다! 그리고 그걸 잘 수행하는 것을 그날의 목표로 삼아요. 그렇다고 반드시 모든 일을 끝낼 필요는 없어요. 하나를 빼먹었다고 질타하다 보면 금방 번아웃이 오거든요. 중요도 '상'의 업무만 잘 끝냈다면 토닥토닥 셀프 칭찬을 해줘요. 사수도 팀장도 없는 환경에서는 이 셀프 보상이 꼭 필요하거든요.

〔하루 일과 예시〕

06:00	명상(30분)	
06:30	To Do 정리 + 아침 일기(1시간)	
07:30	독서+글쓰기(30분)	△ 상
08:00	아침식사+씻기(1시간)	
09:00	상세페이지 완성(1시간)	△ 중
10:00	계약서 발송(20분)	
10:20	업체 컨택 5곳(40분)	△ 중
11:00	금요일 미팅자료 요청(30분)	
11:30	키워드 광고 성과 확인(30분)	△ 상
12:00	식사+휴식(1시간)	
13:00	미팅 장소로 이동(30~40분)_독서	
13:30	미팅1(1시간~1시간 30분)	△ 하
15:00	다음 미팅 장소로 이동(30~40분)_독서	
16:00	미팅2(1시간~1시간 30분)	△ 중
17:30	휴식	
18:00	식사	

※ 상, 중, 하는 난이도, 색칠한 부분은 중요 업무

투두리스트가 없었을 땐 저 자신을 컨트롤할 수 없더라고요. 독립하면, 내 일이면 다를 것 같죠? 아니더라고요. 하하. 제가 게으른 것일 수도 있지만, 그렇게 생각하면 너무 슬프니까 인간은 원래 게으른 존재라고 결론을 내렸답니다. 아무런 압박이 없으니 미뤄둔 공부라도 해야 하는데 그것마저 안 하더라고요. 수험생 때처럼 목표가 있으면 열심히 할까 싶어서 금전적인 목표를 세워봤지만 도움이 되지 않았어요. 회사에 있을 땐 팀장님의 눈치를 보고, 동료들과 경쟁하며 그 사이에서 흐르던 묘한 긴장감이 스트레스였는데, 순기능도 있었다는 걸 깨달았어요.

프리 워커의 긴장감은 매일이 롤러코스터예요. 어느 날은 세상에 잘하는 사람들이 너무 많다고 느껴져서 모두가 나의 경쟁자 같고, 그 사이에서 어떻게 살아남아야 할지 실체 없는 두려움이 엄습해요. 그러다가 일이 많이 들어오고 날씨가 좋은 날에는 일하기가 싫어서 그런지 마음까지 한없이 게을러져요. 그런 날은 아무 눈치도 보지 않고 마음 가는 대로 놀아버리기도 해요. 그게 프리 워커만이 누릴 수 있는 특권이니까요.

프리 워커의 주말

초반에는 주말과 주중이 분리되지 않아서 주말에도 일을 하거나 주중에도 "오늘 무슨 요일이지?" 하고 시간 감각을 잃기도 했어요. 그런데 일하다 보니 프리 워커에게도 주말이 필요하더라고요. 물론 일을 더 많이 받아서 주말에도 일을 하는 것 역시 프리 워커의 자유이지만 지속 가능할 수 없겠다는 생각이 들었어요. 하루에 4시간만 일하고 싶어서 퇴사했는데, 주말까지 사라지면 안 되잖아요. 단, 언제 쉴지 제 마음대로 정할 수 있어서 이번 주는 월, 화에 쉬고 다음 주는 토, 일을 쉬는 것도 가능해요. 주로 협업으로 일하는 저희는 다들 쉴 때 쉬는 것이 편해서 주말에 쉬기로 했어요. 이제는 주말에 몰아서 일하는 것도 많이 줄었고, 직장인과 똑같이 금요일이 오는 게 반가운 일꾼이 되었답니다. 직장인일 때에는 다음 날 일할 생각에 두려워 일요일 저녁부터 일을 시작했다면 이제는 월요일이 오는 것이 두렵지 않아요. 내 능력치만큼 일을 분배하고 처리하는 능력이 하루하루 나아지고 있어요.

프리 워커의 휴가

휴가나 연차는 따로 없지만 매달 '인사이트 트립'을 떠나요. 장점이라면 남들이 모두 떠나는 주말이 아닌 주중에 가는 것이 가능하다는 거예요. 여행지에서 일이 얼마나 잘 되는지 대표님들이 아시면 좋겠어요. 새로운 공간, 새로운 환경에서 일하다 보면 집중도 더 잘 되고 일을 하며 쉬는 삶이 좋아져요. 요즘은 '워케이션work+vacation'이라고 부르더라고요. 우리는 어떤 때 일이 잘 되는지 계속해서 탐구하고 있답니다. 부산에서 시작해 속초, 안동, 전주까지 이어진 인사이트 트립은 실패한 적이 없어요.

직장인들이 내년 여행을 계획하며 1년을 버티듯, 저희도 마찬가지에요. 다만, 주기가 짧아서 자주 활력을 얻을 수 있다는 점! 다음 달에는 어떤 곳에 갈지 기대하며 한 달을 버팁니다. 사실 예상하지 못했던 일들이 겹쳐서 여행지에서도 충분히 쉬지 못할 때도 있었어요. 그런데도 여행에서 돌아올 땐 한 달간 일할 힘을 얻어 옵니다. 저는 그게 영감 덕분이라고 생각해요. 새로운 곳에서 얻은 영감이 일상에 돌아와서도 계속 이어지는 거죠. 여행지에서 내가 보고 느꼈던 것들, 잊었지만 다시 생각해볼 내 삶의 방향성, 그리고 일하면서 고민해볼 질문들을 잔뜩 안고 다시 살아가요.

프리 워커들끼리 하는 말 중 모두 공감하는 것이 '밖에서 보는 것보다 프리하지 않다'라는 거예요. 저는 자유롭다는 정의를 다르게 내려보고 싶어요. 자유란, 내게 선택권이 있는지에 달려 있다고요. 일을 많이 받는 것도 제 선택, 일을 안 하는 것도 제 선택이라는 것을 잊지 않으려고 합니다. 만일 일을 많이 안 하고, 하고 싶을 때만 적게 일하는 것이 프리 워커의 자유라고 생각한다면 실망할 수 있어요. 여전히 저는 처음으로 선고받은 이 자유를 어떻게 받아들여야 할지 고민하고 배우고 있답니다.

나만의 루틴 만들기

📖 **『나의 일주일과 대화합니다』(유보라 지음, 휴머니스트)**

루틴의 중요성은 익히 들어 알고 있지만, 루틴을 지키는 것은 습관을 만드는 것만큼 어려운 일입니다. 나만의 루틴을 만드는 데 도움을 줄 툴을 소개해드릴게요. '라이프 컬러링'을 담은 『나의 일주일과 대화합니다』라는 책이에요.

저자인 유보라 작가님은 조금은 느리더라도 나를 존중하면서 만들어가는 루틴의 힘을 강조합니다. 나만의 루틴을 만드는 방법은 나에 대해 알아가는 과정 없이는 불가능하거든요. 유 작가님은 회사에 다니다가 번아웃을 겪고 퇴사한 후 1년간 어떤 일도 하지 못했다고 해요. 그때 유명인, 예술가들의 루틴을 접하게 되고 '라이프 컬러링'이라는 도구를 개발해 자신을 돌볼 수 있게 되었고, 이제는 다양한 사람들이 자신의 일주일을 들여다보고 루틴을 찾아갈 수 있도록 돕는 일을 하고 있어요.

제 후기를 들려드릴게요. 독립 후 루틴의 중요성을 알고 있었지만, 일주일도 지키기 어렵다는 것을 알고 자책했는데요. 우연히 라이프 컬러링을 경험하고 더 객관적으로 저 자신을 평가할 수 있었어요. 우선 색칠놀이를 하는 마음으로 재미있게 임할 수 있었어요. 컬러링이 끝난 후에는 나의 일주일을 돌아봤을 뿐인데 '생각보다 한 게 많구나', '내가 지난주에 힘들었던 이유가 이거구나' 깨달을 수 있었고요. 그리고 다음 주에는 어떤 루틴을 만들어보고 싶은지, 왜 가능할 것 같은지 현실적으로 설계하기 시작했어요. 그리고 그 주에 이름까지 붙여주면, 끝! 다음 주에는 어떤 이름을 붙이고 싶은지 생각하며 살아가는 나를 발견하게 됩니다. 회고 루틴을 만들어 지난주를 돌아보고 다음 한 주를 고민하게 만드는 책 『나의 일주일과 대화합니다』를 추천하는 이유입니다

퇴사하고 일이 끊이지 않는 방법

프리 워커가 된 후 일을 어디에서 찾느냐는 질문도 많이 받았는데요. 오늘은 그 이야기를 해볼까 해요. 저도 퇴사하기 전에 많이 걱정했던 부분이거든요. 다행히 저는 빠르게 클라이언트를 찾을 수 있었는데요. 회사에 다닐 때도 인연이 없었던 브랜드와 첫 번째 일을 계약하게 된 과정을 들려드릴게요.

퇴사하기 전에 한창 나 자신을 탐구하는 데에 관심이 많을 때였어요. 앞서 소개한 '태니지먼트' 테스트 결과를 보고는 마치 "꼭 빠르게 많은 일을 해내지 않아도 넌 그대로 강점이 있어"라고 위로받은 듯했거든요. 꼭 회사에서 성과를 잘 내야 내가 괜찮은 사람이 아니라는 걸 깨달았죠. 회사 일을 따라잡지 못한다고 스스로 부족한 사람이라고 생각하는 과거의 저 같은 사람을 위로하고 싶어 블로그에 포스

팅도 했어요. 결과를 보며 이 테스트로 누군가를 돕고 싶다는 마음이 더 커졌고, 다른 사람들의 강점을 발견해주는 전문가가 되기 위한 '강점 퍼실리테이터'라는 수업을 수강하기도 했어요.

그렇게 수업을 듣다 보니 이 태니지먼트라는 테스트는 누군가의 강점을 찾아주는 데 진심인 서비스라는 게 더욱 마음에 와닿았어요. 태니지먼트를 진심으로 널리 알리고 싶더라고요. 그래서 어떻게 제안해야 할지 방법은 잘 모르겠지만 일단 페이스북에서 대표님을 찾아 친구 추가를 했어요. 블로그로, 수업으로 저를 알렸으니 대표님도 저라는 사람을 알고 있었죠. 기회가 되면 차 한잔하자는 제안을 주셨는데, 그냥 흘러가는 말일 수도 있었겠지만 바로 날짜를 잡았어요. 그렇게 시내 님과 함께 대표님을 만났습니다.

마침 대표님도 태니지먼트를 더 알리는 것에 어려움이 있던 때여서, 테스트를 마친 분들이 태니지먼트의 추가 서비스를 이용하는 것을 유도하는 랜딩 페이지 기획을 도와드리기로 했습니다. 이제 막 퇴사한 때였고 순수하게 태니지먼트와 함께 일하고 싶은 마음에 비용도 책정하지 않고 시내 님과 열심히 준비해서 제안드렸어요. 그리고 그 후로 태니지먼트가 다른 곳에 인수되기 전까지 마케팅을 도왔답니다.

이렇게 전혀 연이 없었던 분과도 함께 일하기 시작하며 더 자신감을 얻었어요. 정말 관심 있고, 함께 일하고 싶은 곳이라면 정성을 들여 진심으로 다가가는 방법이 정도正道라는 것을 알았죠. '일이 왜 나를 찾아오지 않지?' 고민만 하지 않고 내가 발로 뛰어 일을 찾아가는 방법이 있다는 걸 꼭 말씀드리고 싶었어요.

운이 좋게 태니지먼트와 첫 일을 시작한 후, 지금도 감사한 제안들이 들어오고 있어요. 바로 퍼스널 브랜딩 덕분이에요. 예전 레터에서도 말씀드렸던 것처럼 저는 회사에 다니기 전부터 저를 더 많은 사람에게 알리고 싶은 꿈이 있었어요. 일에 정말 진심이었고, 제 커리어를 탄탄하게 만들고 싶었거든요. 글 한 줄 쓰는 것도 너무 어려웠지만 몇 년에 걸쳐 일을 하며 얻은 인사이트와 생각을 꾸준히 SNS에 업데이트했어요. 그러다 보니 제가 스타트업에서 B2B 영업직으로 일하는 사람이라는 걸 아는 업계 친구들이 한 명씩 생겼답니다.

그렇게 페이스북, 블로그, 인스타그램, 브런치, 링크드인에 꾸준히 글을 올렸더니 5천 명에 가까운 온라인 친구들이 생겼어요. 퇴사를 하고 이제는 정말 작은 브랜드를 위한 마케팅을 하려고 한다는 글을 올리니 감사하게도 그중 몇 분이 프로젝트를 함께하자고 제안해주었답니다.

만약 누군가에게 먼저 일하자고 말하거나, SNS에서 나 자신을 알리는 것이 조금 부끄럽다면 내 전문성을 담은 콘텐츠를 만드는 방식도 추천하고 싶어요. 저는 퇴사 후 프리워커끼리 정보를 주고받는 모임을 시작했는데요, 브랜드에서 일했거나 함께 일했던 사람들이 모이다 보니 그저 대화를 나누는 것뿐인데도 유익한 인사이트가 많았어요. 이걸 정리해서 공유하기만 해도 누군가에게는 도움이 되겠다 싶어 작은 브랜드를 위한 정보를 담은 뉴스레터인 '스몰레터'를 시작하게 되었습니다.

누구나 다 알고 있는 내용일 것 같아서 뉴스레터로 발행하는 것 자체가 조심스러웠지만 '작은 브랜드'에게만큼은 도움을 주고 싶은 마음은 진심이었어요. 누구나 적용이 가능한 사례인지, 정말 실용적인 정보인지 치열하게 논의하며 뉴스레터를 발행했죠. 그 진심이 통했는지 한 달 만에 구독자가 1천 명이 되었어요. 그렇게 꾹꾹 담은 정보들을 보고 저희에게 일을 의뢰하는 분들도 하나둘 생기기도 했고요.

재밌는 프로젝트를 제안받는 분들을 부러워만 하던 제가, 이제는 그런 사람이 되었다는 사실이 너무 놀라웠어요. 그렇다고 제안을 기다리고만 있지는 않아요. 정말 함께 일해 보고 싶은 곳에는 적극적으로 접근해 기회를 만들고 있죠. 당장은 쉽지 않겠지만, 하나씩 시도하다 보면 언젠가는 꿈을 이룰 수 있다는 걸 알고 있으니까요. 하나씩 시도해나갈 여러분에게도 응원을 보내요!

퍼스널 브랜딩이 어렵게 느껴진다면

필로스토리 퍼스널 브랜딩 툴킷

'나'를 표현할 나만의 언어가 필요할 때, 나의 정체성을 명확하게 정리하는 도구인 〈퍼스널 브랜딩 툴킷〉을 추천합니다. 내 안에 있는 욕망을 솔직하게 바라보는 브랜딩 레퍼런스 서칭부터 나를 바라볼 수 있는 50가지 질문들, 나를 표현하는 100가지 키워드 찾기, 스스로의 언어로 정체성을 찾는 5단계를 통해 스스로 퍼스널 브랜딩을 할 수 있도록 도와주는 툴킷입니다. 퍼스널 브랜딩 툴킷은 연남동에 있는 '기록상점'에서 구매할 수 있어요.

콘텐츠 브랜딩 사례

영감노트 배달의 민족 출신으로 유명한 마케터 숭희 님이 영감을 받은 모든 것을 업로드하는 인스타그램. 본 계정이 아닌 영감만 올리는 부계정의 유행은 숭희 님으로부터 시작되었다고 할 수 있죠. 기발한 마케팅 사례나 마음을 울리는 카피 등을 모아 탄탄한 인사이트로 소화하는 '영감노트'는 『별게 다 영감』이라는 책으로 출간되기도 했습니다.

인스타그램 **@ins.note**

호텔 리뷰어 체크인 언젠가는 자신만의 호텔을 세우겠다는 목표로 수많은 호텔을 다니며 호텔 추천 콘텐츠를 만드는 분입니다. 호텔 리뷰, 상황에 맞는 호텔 추천 등의 콘텐츠로 1년 만에 1만 명의 팔로워를 모았대요. 그 과정을 책 『덕업일치 가이드북』에 담기도 했습니다. 현재는 호텔 숙박을 협찬받기도 하고 호텔과 컬래버레이션으로 숙박 이벤트를 오픈하기도 합니다.

인스타그램 **@hotel_reviewer_checkin**

포트폴리오 인생,
다양한 일을 하는 삶

여러분은 주식이나 부동산, 혹은 저축을 하고 있나요? 저는 재태크에 관심은 있지만, 지금은 제 인생에 투자하고 있다 생각하며 살고 있어요. 저라는 주식은 제 의지로 수익률을 높일 수 있는 투자처이고 적어도 마이너스 수익률을 보지 않는다 생각하면서요. 제 미래에 투자한다면 오히려 더 빨리 큰 시드머니를 모을 수 있지 않을까요?

만일 다니는 회사가 스타트업처럼 급성장할 수 있는 미래주이거나, 대기업처럼 안정적인 배당을 보장한다면 투자할 가치가 있겠죠? 그게 아니라면 단순히 한 회사에 저의 시간과 노력을 투자하는 것이 오히려 불안하지 않을까 싶었어요.

투자에서 흔히 "달걀을 한 곳에 담지 마라"고들 하잖아요.

투자 위험을 분산시키기 위해 여러 종목에 투자해 포트폴리오를 만들어야 한다는 비유인데요. 퇴사 후 다양한 일을 해보니 여러 수익처가 생기면서 자연스럽게 그 포트폴리오 효과를 얻고 있더라고요. 회사에 있을 때는 월급이라는 단일 수입을 위해 일했기 때문에 회사의 흥망성쇠가 제 일인 것만 같았거든요. 경험해보니 커리어 관리도 달걀을 잘 키워서 닭이 되게 하는 것 같다고 느껴졌어요.

결국 수익활동 측면에서만 봤을 때 프리 워커가 된다는 건 내 시간과 노동력을 투자 포트폴리오처럼 구성한다는 것을 의미해요. 오늘은 생계를 유지하면서 자연스레 저의 미래의 포트폴리오를 어떻게 구성해가고 있는지 이야기해보려고 해요.

나의 능력 디자인하는 방법

투자 방법으로서의 '포트폴리오'도 있지만, 본인의 결과물을 모아두는 툴 역시 '포트폴리오'잖아요. 두 가지 의미 모두 퇴사 후 제 삶을 잘 보여주는 듯해요. 저는 퇴사하기 전 가장 먼저 노션으로 포트폴리오를 만들었어요. 이직하는 데에 이력서가 필요하다면, 프리 워커로 살아남기 위해선 포트폴리오가 필요했습니다.

퇴사 후 저에게 능력치라고 할 만한 건 이전 회사에서 계속 해오던 일밖에 없었어요. 회사라는 거대한 톱니바퀴의 하나로 일하며 영업과 운영, 컨설팅, 강의, 마케팅, 기획을 모두 조금씩은 할 수 있지만, 하나씩 따로 떼어놓고 보면 쓸모없어 보였죠. 누가 돈을 주고 내 능력을 쓸까 싶더라고요.

그래도 스타트업에서 3년을 구르고 나니 한 가지는 확실히 남았어요. 제법 큰 톱니바퀴로 쓰였던 경험이 왠지 모를 자신감으로 제 안에 쌓여 있더라고요. 단독으로 쓰이기에는 어려운 능력들이었지만 모으면 꽤 쓸모 있지 않을까 싶었습니다. 그래서 제가 가진 능력들을 영업했어요. 제가 필요할 것 같은 곳들의 문을 두드리고 저라는 사람의 쓰임을 어필했습니다. 그런데 눈에 보이는 결과물이 없는데도 포트폴리오만 보고 믿고 일을 맡겨주는 분들이 생겼어요. 눈에 보이지 않는 능력도 도움이 되더라고요.

N잡러로 살아가기

포트폴리오는 프리 워커에게만 필요하지 않냐고요? 이제는 꼭 퇴사하지 않아도 여러 개의 직업을 가지고 살아갈 수 있는 시대잖아요. 예전에는 본업 이외에 다른 곳에 눈을 두는 사람을 이상하게 보았지만, 이제는 능력자라고 생각하기도 하죠. 회사에 다니면서 책도 쓰고, 외부에 강의하는 N잡러가 주변에 한 명쯤은 있지 않나요? 멀리서 부러워만 하지 말고 포트폴리오부터 만들어보세요. 티스토리 블로그에 전문적인 글을 꾸준히 올리는 것부터 시작할 수도 있고, 수현 님처럼 네이버 블로그로 생각과 취향을 공유하면서 기록하는 사람으로의 정체성을 만들 수도 있죠. 꼼지락꼼지락 만드는 것이 취미라면 아이디어스에서 판매해보는 건 어떨까요? 뭘 하고 싶은지 안다면 회사에 다니면서도 충분히 시작할 수 있답니다.

이력서보다 포트폴리오

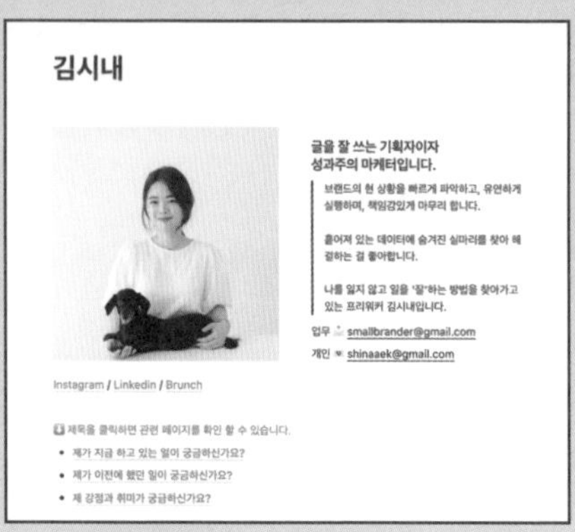

김시내 포트폴리오

최수현 포트폴리오

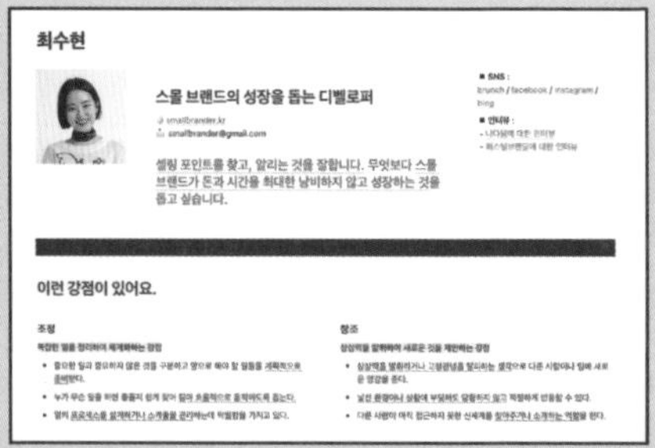

노션 포트폴리오는 이력서처럼 정해진 형식이 없어서 마음껏 개성을 드러낼 수 있다는 장점이 있어요. 때문에 무엇을 써야 할지 감을 잡기 어렵다는 단점도 있습니다. 다른 사람들의 개성 넘치는 포트폴리오를 보면 어렵게만 느껴지고, 어떻게 나를 표현해야 할지 막막할 거예요.

저희도 그랬어요. 요즘은 '노션폴리오'라고 해서 다양한 레퍼런스를 쉽게 찾을 수 있지만, 그때는 정보가 없어서 여러 번 시행착오를 겪으며 저희만의 스타일을 찾았답니다. 현재의 포트폴리오는 일곱 차례 수정한 결과물이에요. 한 번에 완성하지 않아도 되니 하나씩 채워가는 재미를 느껴보셨으면 좋겠어요. 그 과정에서 자신에 대한 메타인지가 높아지고, 상대에게 자신의 가치관과 지금 하는 일을 소개할 수 있는 문장을 발견하게 될 거예요.

146쪽에서 저희가 노션 포트폴리오를 만든 과정을 공유해드릴게요. 참고해서 나만의 포트폴리오를 만들어보세요.

회사로 돌아가고 싶어질 때

프리 워커로 일하며 다시 회사에 돌아가고 싶어질 때도 있었어요. 저 자신에게 실망할 때요. 지난번 시내 님도 말했던 '자기 경영'이 저에게도 너무 어려웠거든요. 퇴사 후 하고 싶은 일을 시작하면 제가 열심히 달릴 줄만 알았어요. 그런데 아침 9시가 되어서야 눈을 뜨거나, 더 일해야 하는데 자꾸 딴짓을 하고 싶어질 때면 저 자신에게 실망하곤 했습니다. 저라는 사람은 생각보다 관리하기가 힘들더라고요. 그런데 지나고 보니 잘 달릴 수 있는 환경을 만드는 것이 우선이었더라고요.

여러분은 언제, 어떤 환경에서 일이 가장 잘 되나요? 집, 카페, 회사 등등 사람마다 다릅니다. 저는 퇴사하기 전 재택근무를 하며 바로 알았어요. '아, 나는 집에서 일하면 안 되는 사람이구나.' 그래서 굳이 출근하지 않아도 되는 재택근무 기간에도 일찍 일어나 이태원에서 판교까지 출퇴근을 했답니다. 그렇지만 인간은 망각의 동물이잖아요. 내 일을 하면, 집에 듀얼 모니터를 두면 일이 잘 될 것만 같았죠. 하지만 여전히 집에서는 일이 안 되더라고요.
처음에는 그런 저를 원망하고 미워하기만 했어요. 나는 왜 이렇게 게으를까, 나는 퇴사하면 안 되는 사람이었구나….
그런데 말이에요. 자신을 완벽하게 컨트롤할 수 있는 사람이 대체 몇이나 될까요? 그래서 제가 게으름을 피우지 않을 환경을 찾아보기 시작했습니다.

첫 번째 시도로, 오전에 약속들을 잡아봤어요. 아침 일찍 일어나지 않는 건 일정이 없어서 아닐까? 하는 생각에 시내 님과 아침 산책 약속을 잡고 산책을 하기 시작했어요.
약속을 잡았더니 눈이 잘 떠지더라고요. 걸으며 회의 아닌 회의도 하고 기분도 상쾌해져서 일이 더 잘 됐어요. 아쉽게도 다른 일정이 많이 생기기 시작하면서 작심 2주일에 그치긴 했지만요.

두 번째 시도로, 일단 집 밖으로 나왔어요. 처음엔 사무실 비용을 줄이려고 사무실을 마련하지 않고, 시내 님 집의 한 켠을 공동 사무공간으로 쓰기로 했는데요. 이전 회사에서도 공간을 바꾸며 일했던 경험이 있어서 그런지, 한 곳에서 오래 일하면 집중력이 흐트러지더라고요. 그래서 '로컬스티치'라는 공유오피스 멤버십을 등록했답니다. 집 근처에 지점이 세 개나 있어서, 요즘은 오전에 서교2호점에서 일하다가 집에 와서 점심을 먹고 오후에는 잔다리점으로 가서 일하는 식으로 공간을 바꾸며 일하고 있어요.

세 번째 시도로, 그럼에도 일이 안 되면 산책을 했어요. '하기 싫다'는 감정에 잠식되면 일하기 싫어지잖아요. 마감이 점점 다가오는데 기대만큼 잘 해내지 못할 것 같아 두렵거나, 마감 시간이 조금 남아서 여유 부리고 싶을 때 등등 사실 그냥 하면 되는데, 여러 가지 이유를 찾잖아요. 그렇게 머리가 복잡해서 일이 손에 잡히지 않을 땐 산책을 추천해요. 걷고 걷다 보면 생각도 정리되고, 마음도 차분해지더라고요. 오늘도 원고를 미리 쓰려고 시간을 냈는데, 하기 싫은 마음에 점점 미루다가 산책을 다녀왔어요. 가벼워진 마음으로 돌아와 앉았더니 이렇게 술술 써내려가고 있어요.

제가 일하기 싫은 마음을 다스리기 위해 시도했던 노력들을 소개하는 건 퇴사 전에 어떤 일로 돈을 벌 수 있을지 고민하는 것만큼, 나에게 맞는 환경을 찾고 그 환경을 만들어주는 게 중요해서랍니다.

여러분은 어떤 환경에서 가장 집중이 잘 되나요? 재택근무 중이라면 내가 집에서도 일할 수 있는 사람인지 바로 알 수 있을 거예요. 집에서도 사무실에서도 근무해보고, 아침에도 저녁에도 혹은 주말에도 근무해보면서 나에게 맞는 공간과 시간대를 찾아보세요. 저는 요즘 아침 10시부터 12시까지 일하고, 점심을 먹고 6시까지 일한 후, 저녁을 먹고 8시부터 10시까지 일하곤 한답니다. 어두운 집에서 조명만 켜놓고 일할 때, 생각보다 일이 잘 되더라고요. 어쩌면 저는 집에서 집중이 안 되었던 게 아니라 저녁형 인간이었을지도 모르겠어요.

공간, 시간대뿐 아니라 혼자 일하는 환경을 그다지 좋아하지 않는다는 것도 알게 되었어요. 혼자 일할 때면 사무실 동료들과 떠드는 모습을 떠올리며 기분 좋게 회사에 출근했을 때가 생각이 나더라고요. 그래서 시내 님뿐 아니라 다른 친구들과 함께 사무실을 쓰기 시작했어요. 함께 일 이야기도 하고 잡담도 하니 혼자 있는 것보다 훨씬 더 에너지가 생기더라고요.

나에게 어떤 환경이 잘 맞는지 한 번에 알 수는 없는 듯해요. 여러 가지를 시도하며 내게 최적의 환경이 무엇인지 꼭 알아보면 좋겠습니다.

일이 잘 되는 환경 만들기

〔공간 추천〕

로컬스티치

로컬스티치는 서울 14곳, 대전 1곳에 지점이 있는 공유 오피스입니다. 월 12만 원만 내면 모든 지점의 코워킹 공간을 자유롭게 이용할 수 있는 멤버십이 있어요. 물론 이 멤버십으로는 개인 공간은 쓸 수 없고 코워킹 공간만 이용해야 하는 게 단점일 수 있지만, 이용해보니 카페를 전전하는 것보다 훨씬 좋았어요. 12만 원만 내면 메뉴를 따로 주문할 필요 없이 공간을 이용할 수 있으니까요. 커피도 멤버십 할인가로 구매할 수 있고요. 전 지점의 회의실도 예약할 수 있어요. 일이 되지 않는 날에는 2~3개 지점을 왔다 갔다 하면서 일한 적도 있답니다.

집무실

집무실은 사용하는 시간만큼만 비용을 내는 공유오피스에요. 재택근무로 일이 잘 안 되는 직장인도 많이 이용하는 공간이랍니다. 지점은 정동, 서울대, 석촌, 일산, 목동, 왕십리 이렇게 6곳이 있어요. 커피, 다과, 샴페인까지 제공되고 프린트도 지원된다고 합니다. 좌석 환경도 다양해서 집중이 안 되면 자리를 옮기며 이용할 수 있는 것도 장점이라고 해요.

〔어플 추천〕

▯ 알라미

아침 잠이 많은 저는 알람만 세 개쯤 세팅하고 잠들었는데요. 이제는 알라미 하나로 일어날 수 있어요. 알라미 어플은 알람 소리만 나는 게 아니라 미션도 세팅할 수 있거든요. 스쿼트, 문장 받아쓰기, 걷기, 흔들기, 사진 찍기 등 내가 설정한 미션을 완수해야 알람이 꺼져서 정신이 번쩍 들게 해줘요. 또 알라미에서 동기부여 문장을 보내주는데요. 저는 그 문장을 세 개씩 받아적으며 아침을 시작한답니다.

▯ 마보

해야 할 일이 많아 정신이 없을 때, 명상을 하고 일을 시작하면 도움이 되더라고요. 처음에는 유튜브에서 명상 영상을 찾아 전전하다가 마음에 드는 클립이 없어서 '마보'라는 앱을 유료구독하기 시작했어요. 마음보기 7일 기초훈련처럼 명상 초보를 위한 프로그램도 있고, 날마다 새로운 명상을 추천해주기도 하고, '내면의 힘을 키우기', '잠자기 위한 준비' '외로울 때' 등 상황에 따른 콘텐츠가 있어 그때그때 선택할 수 있어요.

기록하고 대화하고 80퍼센트만 일하는 삶

저희는 퇴사 후 10개월간 무사 생존하고 있고, 가끔 다시 취업을 하고 싶은 유혹에 흔들리기도 하며, 일에 치이며 살아가고 있어요. 오늘은 일의 형태는 달라도 언젠가 프리 워커가 될 여러분에게 저희가 발견한 황금 원칙을 말씀드리며 마무리하려고 해요.

원칙 1. 기록을 합니다

기록은 어제의 나와 나누는 대화입니다. 회사에서는 분기, 반기, 해마다 직장 상사와 동료들의 평가로 내가 일을 잘했는지 평가했다면, 프리 워커는 피드백해줄 사람이 없어요. 내가 제대로 가고 있나? 싶을 때는 내가 쓴 기록을 확인합니다. 기록한다면 3개월 전의 나를 지금 시점에서 피드백할 수 있거든요. 어제의 나보다 내가 낫다는 것, 그게 유일한 지표입니다. 그렇기 때문에 더 열심히 글을 쓰고 기록을 합니다.

원칙 2. 대화 나눌 상대를 찾습니다

함께 대화할 사람이 있다는 것은 너무 소중합니다. 만일 혼자 프리 워커로 살고 있다면 프리 워커 모임에 참석해 고민을 나눠보세요. 일하면서 어떤 감정을 느꼈는지, 어떻게 하면 일을 더 잘할 수 있을지 함께 대화하다 보면 더 나아질 수 있는 실마리가 보입니다. 인사이트도 얻을 수 있고요. 프리 워커로 일하며 불안감을 해소하는 데에 가장 도움이 되는 것은 대화하는 시간이었어요. 꼭 같은 프리 워커가 아니어도 다른 사람들과 대화를 많이 나눠보세요.

원칙 3. 할 수 있는 일의 80퍼센트만 합니다

대화와 기록을 위해서 20퍼센트의 여유가 필요합니다. 물론 하루를 일로 100퍼센트 채울 수 있어요. 프리 워커로 일하다 보면 일이 언제 들어올지 모르고 기회를 놓치면 안 된다는 생각이 들어서 일을 거절하기가 쉽지 않더라고요. 그래도 가능하다면 꼭 80퍼센트의 선을 유지하기 위해 거절할 줄도 알아야겠더라고요. 오래 일하기 위해서요. 물론 정말 좋은 기회라면 잡으세요. 좋은 기회인지 확신이 안 선다면 현재 내가 일하는 시간의 80퍼센트 정도를 쓰고 있는지 확인해보고 20퍼센트는 정말 좋은 기회를 위해 남겨두세요. 나의 리소스를 알고, 적당히 컨트롤하는 능력이 중요하더라고요.

그 외에도 아침에 명상하기, 1시간 이상 천천히 산책하기, 꾸준히 운동하기, 차 마시기 등등 추천해드리고 싶은 팁들이 많아요. 하지만 무엇보다 자신만의 노하우를 만들어나가는 게 중요하겠지요?

TIP

IMPORTANT

INBOX +TIP

SENT

by smallbrander

small letter

언젠가 퇴사할 당신에게 보내는 마지막 추신

▼ Scroll

노션 포트폴리오 만들기

노션 포트폴리오를 만들어보세요. 저희가 시행착오 끝에 얻은 팁들을 공유해드릴게요. 꼭 직접 시도해보기를 추천합니다.

Step 1. 결과 위주가 아닌 경험 중심으로 지난 시간들을 나열해보세요

현재의 우리는 과거 우리가 보낸 시간들의 합이에요. 저는 포트폴리오를 만들면서 과거의 일들을 정리할 수 있어서 좋았답니다. 결과 위주가 아닌 과정 위주로 지난 시간들을 연도별로 나열해보세요. 여러분 인생에 어떤 일들이 있었나요? 여러분은 주로 어디에서 시간을 보냈나요? 어떤 사건, 또는 어떤 책이 현재의 여러분을 만들었을까요? 포트폴리오를 정리하기 전 잊고 있던 내 과거를 돌아보는 시간을 가져보세요.

이력서를 쓰다가 나 자신이 너무 보잘것없다고 느낀 적 있으실 거예요. 그건 아마도 대학 입학 이후에 이룬 일들에 대해서만 쓸 수 있기 때문일 텐데요. 저는 늦게 대학에 입학했고, 별다른 대외 활동을 하지 않았기 때문에 쓸 게 없더라고요. 하지만 저는 분명 남들이 이력서에 쓸 내용을 채우는 동안 부지런히 살았거든요. 그래서 현재의 저를 만든 사건들과 시간들을 되돌아보았어요.

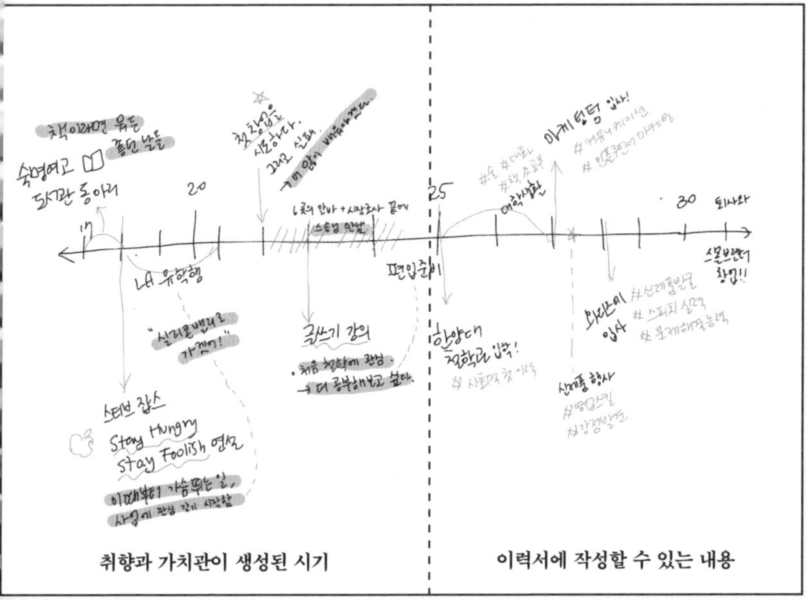

예시와 같이 쭉 나열한 후에 결과물은 다음 스텝에 채워넣으면 됩니다. 이력서가 짧고 굵게 나를 일꾼으로 어필하는 문서라면, 포트폴리오는 가능성이 열려 있기 때문에 어디에서 일했는지보다, 무슨 일을 했는지가 더 많은 것을 말해줍니다.

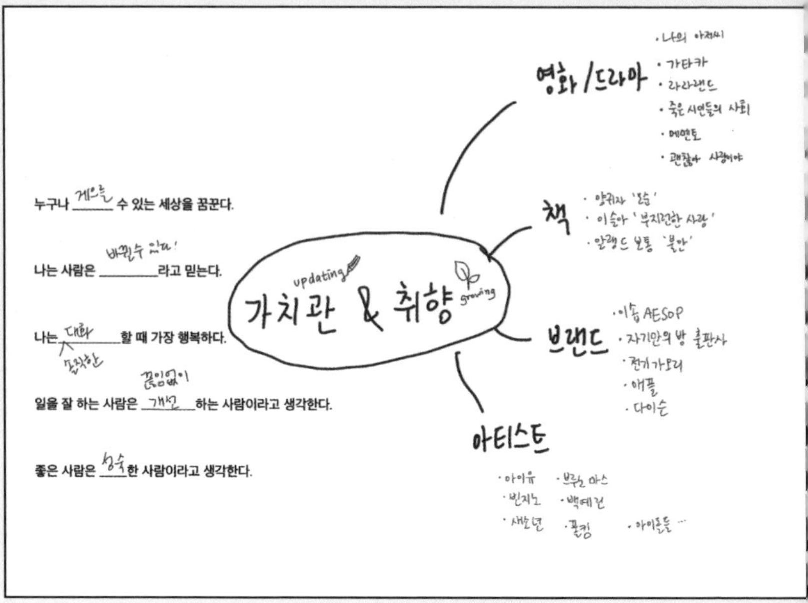

Step 2. 포트폴리오를 '나 사용설명서'라고 생각하고 써보세요

정보의 나열이 아닌 인상을 남기는 포트폴리오로 만들어보세요. 평생 살아도 알기 어려운 나에 대해 단 몇 줄, 또는 MBTI 네 글자로 설명할 수 있을까요. 자신에 대해 잘 아는 사람이 매력적이잖아요. 포트폴리오를 '나 사용설명서'라고 생각하고 자유롭게 작성해보세요. 이력서를 작성할 때는 이력서에 쓸 수 있는 것과 없는 것을 나누지만, 포트폴리오는 이력서에 담지 못했던 이야기를 마음껏 디자인할 수 있다는 게 장점이에요. 예를 들어 지금까지 해왔던 일 중 내게 의미 있었던 일이 '방탈출을 N번 성공한 것'이라면, 이 역시도 자유롭게 써보세요. 이런 TMI를 써도 될까, 생각하지 말고 우선 작성하는 거예요. 그 TMI들이 스몰토크 주제가 되어 이야기 나눌 계기를 만들어주기도 한답니다.

Step 3. 자신만의 카테고리를 만들어 나열한 정보들을 묶어보세요

기존의 포트폴리오는 일에 관련한 내용 위주여서 어떤 회사에서 어떤 프로젝트를 진행했는지에 따라 카테고리를 나누게 될 텐데요. 앞의 Step 1, 2를 거치다 보면 새로운 카테고리로 묶을만한 것들이 보일 거예요. 저희가 추가한 아래 카테고리도 참고해보세요.

*** 자신의 강점**

나의 강점을 키워드로 소개해보세요.

강점테스트를 활용하면 좋아요.

강점과 취미

■강점 by Tanagement

#창조

"상상력을 발휘하여 새로운 것을 제안하는 강점"

- 다른 사람보다 시장의 변화를 빠르게 알아채고 유연하게 대응합니다.
- 기존의 비즈니스 모델을 끊임없이 검토하고 고객의 변화와 새로운 요구에 맞는 새로운 제품이나 새로운 서비스를 생각하고 제안하는 데 탁월함을 보일 수 있습니다.
- 독창적 아이디어를 제공하여 팀이나 조직에 활력을 줍니다.

#외교

"네트워크나 소통으로 문제를 쉽게 풀어가는 강점"

- 서비스나 상품을 소개하고 제안하는 데 탁월한 힘을 가지고 있습니다. 특히, 고객에게 쉽게 다가가고, 해당 서비스를 정확하고 매력적으로 느껴질 수 있게 잘 설명할 수 있습니다.
- 고객과 기업, 팀과 팀, 팀과 경영진, 어떤 관계이든 상관없이 상대방에게 자신의 제품과 서비스를 쉽고 친근하게 제안할 수 있습니다.
- 외교적 수완을 가지고 팀에 자원이 될 만한 사람을 잘 찾을 수 있습니다.

*** 자신의 취향**

뾰족하게 갈고닦아온 취향이 있다면 그것 또한 강점이 될 수 있어요. 무얼 써야 할지 막막하다면 평소 내가 좋아하는 것들을 정리해보세요.

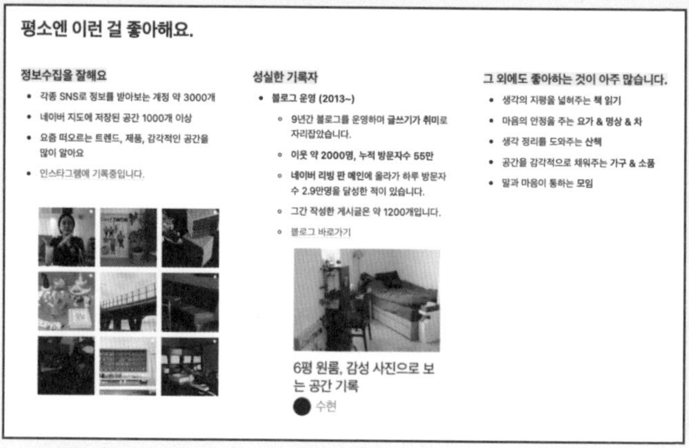

평소엔 이런 걸 좋아해요.

정보수집을 잘해요

- 각종 SNS로 정보를 받아보는 계정 약 3000개
- 네이버 지도에 저장된 공간 1000개 이상
- 요즘 떠오르는 트렌드, 제품, 감각적인 공간을 많이 알아요
- 인스타그램에 기록중입니다.

성실한 기록자

- 블로그 운영 (2013~)
  - 9년간 블로그를 운영하며 글쓰기가 취미로 자리잡았습니다.
  - 이웃 약 2000명, 누적 방문자수 55만
  - 네이버 리빙 판 메인에 올라가 하루 방문자 수 2.9만명을 달성한 적이 있습니다.
  - 그간 작성한 게시글은 약 1200개입니다.
  - 블로그 바로가기

6평 원룸, 감성 사진으로 보는 공간 기록

수현

그 외에도 좋아하는 것이 아주 많습니다.

- 생각의 지평을 넓혀주는 책 읽기
- 마음의 안정을 주는 요가 & 명상 & 차
- 생각 정리를 도와주는 산책
- 공간을 감각적으로 채워주는 가구 & 소품
- 말과 마음이 통하는 모임

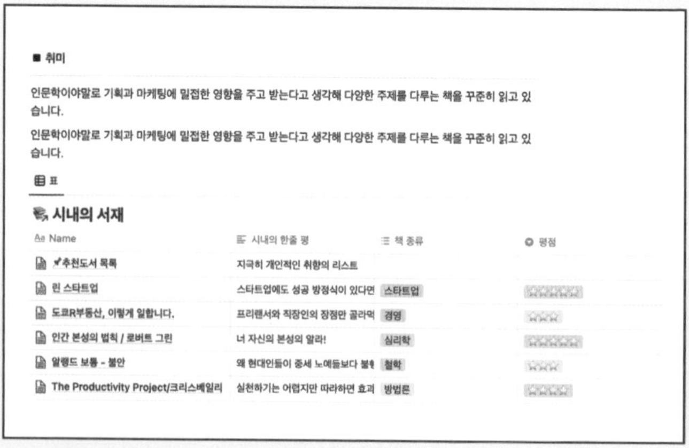

■ 취미

인문학이야말로 기획과 마케팅에 밀접한 영향을 주고 받는다고 생각해 다양한 주제를 다루는 책을 꾸준히 읽고 있습니다.

인문학이야말로 기획과 마케팅에 밀접한 영향을 주고 받는다고 생각해 다양한 주제를 다루는 책을 꾸준히 읽고 있습니다.

표

시내의 서재

Name	시내의 한줄 평	책 종류	평점
추천도서 목록	지극히 개인적인 취향의 리스트		
린 스타트업	스타트업에도 성공 방정식이 있다면	스타트업	☆☆☆☆☆
도쿄R부동산, 이렇게 일합니다.	프리랜서와 직장인의 장점만 골라먹	경영	☆☆☆
인간 본성의 법칙 / 로버트 그린	너 자신의 본성의 알라!	심리학	☆☆☆☆☆
알랭드 보통 - 불안	왜 현대인들이 중세 노예들보다 불행	철학	☆☆☆
The Productivity Project/크리스베일리	실천하기는 어렵지만 따라하면 효괴	방법론	☆☆☆☆

*** 사이드 프로젝트**

혹시 업무 이외에 사이드 프로젝트로 진행했던 일이나 모임이 있나요? 자발적으로 했던 '딴짓'이 여러분을 더 잘 표현해줄 수도 있답니다. 또 다른 사이드 프로젝트의 기회를 찾을 수 있는 계기가 될 수 있고요. 열정을 담아 했던 일이라면 작은 일이어도 적어보는 것을 추천해요.

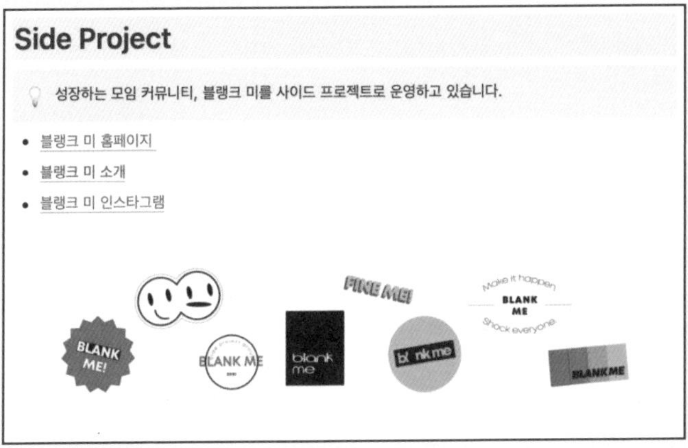

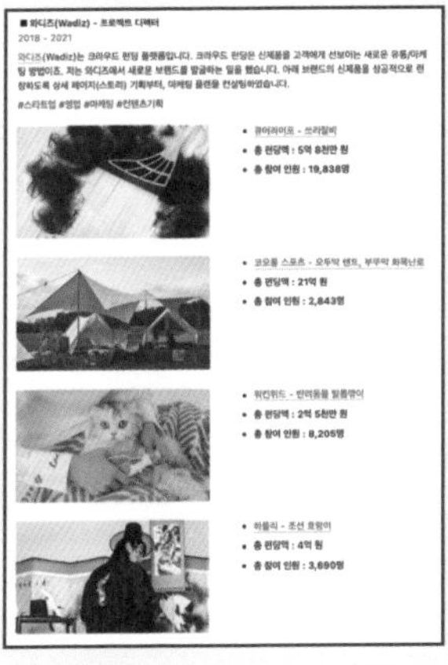

*** 진행했던 프로젝트**

공개적으로 노출할 수 있는 수치 위주로 진행했던 프로젝트와 성과, 그리고 그 프로젝트에서 어떤 역할을 했는지 작성해 보세요. 저는 300여 개의 프로젝트를 진행했다 보니 각각의 프로젝트를 성과 위주로 나열하고, 클릭했을 때 더 자세히 볼 수 있도록 구성했습니다.

Step 4. 누구에게 이 포트폴리오를 보여줄지 정해보세요

마지막으로 포트폴리오의 목적이 무엇인지 생각을 정리해보세요. 이 포트폴리오를 활용해 어떤 기회가 생길지 마구 상상력을 발휘할 때입니다. 이직을 하고 싶은가요? 혹은, 모르는 누군가에게 나 자신을 알리고 비슷한 사람들과 협업 기회를 얻고 싶은가요? 기회는 사람을 통해 옵니다. 그 사람이 여러분을 어떻게 기억하기를 바라나요? 그들의 관점에서 필요한 정보들을 재나열하며 배치해보세요. 필요하다면 포트폴리오 버전을 여러 개 만들어보는 것도 방법입니다. 메인 타겟이 봤으면 하는 내용은 포트폴리오 상단에, 그 다음에 보았으면 하는 내용은 하단에 배치해보세요.

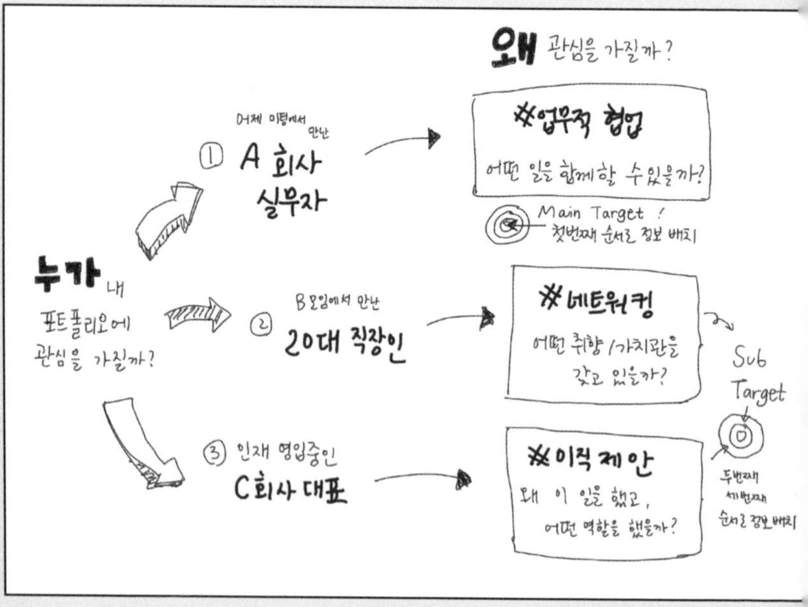

저는 이렇게 만 이틀 만에 포트폴리오를 만들었습니다. 포트폴리오를 완성하고 나서 어떻게 하면 더 잘 활용할까 고민했는데요. 명함에 포트폴리오를 QR코드로 넣었습니다. 이제는 회사 이름이 아닌, 제 포트폴리오가 저를 설명해준답니다. 실제로 명함의 포트폴리오를 보고 관심 가져주는 분들 덕에 더 빠르게 일을 수주할 수 있었어요. 인스타그램 프로필에도, 리멤버 명함에도, 링크드인에도, 포트폴리오를 여기저기 노출해보세요.

퇴사와 독립 타임라인

퇴사 1년 전부터 독립 후 어떤 일들이 있었고, 어떤 마음이었는지 되짚어보았어요. 읽으며 여러분의 퇴사와 독립을 시뮬레이션해보기를 바랍니다.

1년 전

슬럼프가 왔다 수현

3년 차가 되어서 그런 걸까. 회사 상황이 바뀌어서 그런 걸까. 즐겁게 일했던 예전과 다르다. 일의 만족도가 떨어지니 삶의 만족도도 떨어지는 듯하다. 행복하게 다시 일했던 때로 돌아가고 싶다. 내가 문제인 걸까? 어떻게 하면 이 시기를 극복할 수 있을까? 리프레시 여행이라도 다녀올까. 요즘 회사에서 독립해 일하는 사람들이 많아 보이는데 나도 가능할까?

9개월 전

미래가 보이지 않는다 시내

하반기 목표 KPI를 보고는 허탈했다. 매출만이 중요한 걸까? 내 다음 스텝은 승진 말고는 무엇이 있는 걸까? 일은 내게 어떤 의미가 있을까? 함께 고민할 사람이 필요할지도 모르겠다. 매일의 기록을 시작했다.

함께 제주 여행을 가다 (시내&수현)

우리, 생각보다 하고 싶은 게 많은 사람들이었다! 우리를 담기에 회사가 너무 작은 것일지도 모른다. 내 이름 앞에 회사 대신 다른 수식어를 붙일 수 있을까? 언젠가 결국 퇴사할 텐데 하나씩 시도해보기로 했다. 우선 서로 이메일로 교환일기를 쓰며 이 마음을 잊지 않기로 약속했다. 혹시 모르지. 우리가 주고받은 편지가 언젠가 책이 될지도. 일단 6개월 후, 내년 초 사표를 내기로 했다.

6개월 전

5개월 전

편지를 주고받다 (수현)

'일'이라는 키워드로 편지를 주고받기 시작했다. 우리가 일하고 싶은 조직, 일에서 중요하게 생각하는 것, 퇴사 후 할 수 있는 일 등을 이야기 나누다 보니 길어졌다. 지금 회사를 벗어나서 해보고 싶은 일이 정말 많아진 것 같다. 본격적으로 퇴사를 준비하기로 했다.

3개월 전

퇴사가 두려워졌다 (시내)

문득 두려움이 엄습했다. 남들이니까 가능하지, 내가 회사 울타리 밖으로 독립한다는 게 가능할까? 회사에서 일을 잘하고 있는 사람들이 눈에 들어왔다. 아직 배울 게 많은 것 같은데, 하지만 여긴 아닌 것 같다. 어쩌지. 프리워커보다는 이직을 하는 게 나을까? 수현에게 메일을 써봐야겠다. 수현과 대화하다 보면 내가 가진 단점보단 장점을 찾을 수 있다. 회사에서 부족한 점만 피드백 받던 나인데, 수현과 이야기하면 내 가능성을 더 실험해보고 싶어진다.

프리 워커의 삶은 어떨까? (수현)

시내와 편지를 주고받은 지 석 달째. 벌써 30통 정도를 주고받았다. 퇴사에 대한 고민을 치열하게 나누다 보니, 회사 밖 프리 워커들이 눈에 더 띈다. 회사 밖 세상이 너무 궁금해졌다. 나는 어떤 사람들과 어떤 프로젝트를 함께할 수 있을까? 상상만 해도 설렌다. 하루빨리 독립해서 프리 워커 레퍼런스가 되고 싶다.

사표를 냈다 (시내)

팀장에게 퇴사를 말하다 눈물을 보였다. 좋아하는 회사였고, 좋아하는 동료들과 헤어진다는 게 슬펐다. 하지만 결정에 흔들림은 없다. 이제는 내가 이곳을 졸업해야 할 때라는 확신이 들었다. 회사 밖에서의 세상이 더이상 두렵지 않다.

2개월 전 — **1개월 전** — **D-Day**

퇴사합니다. 독립하려고요 (수현)

함께 즐겁게 일하며 정든 동료들과 회사 밖에서도 만나기를 기약하며 안녕을 고했다. 시내가 먼저 퇴사하고, 거의 매일같이 만나 이야기를 나눴다. 이직이 아닌 새로운 도전을 선택한 시내, 프리 워커를 꿈꾸는 내가 이야기 나누다 보니 겹치는 부분이 많았다. 이럴 거면 우리가 만났던 수많은 브랜드를 돕는 일을 같이 하고, 사이드 프로젝트로 각자 해보고 싶은 일을 시도해보기로 했다.

무엇이든 될 수 있는 자유를 선고받다 (시내)

한 달 정도 쉬고 시작하려고 했지만, 하고 싶은 것이 많아서 마음이 조급하다. 구상해둔 여러 가지 사업 아이템을 작게 시도해봤는데, 작은 시도만으로도 내가 하려던 사업들이 단순히 '이건 시장성이 있겠지?'라는 생각에서 나왔다는 걸 깨달았다. 그럼 난 진짜로 뭘 하고 싶지?

우리 같이 일해볼까? (수현)

시내와 대화를 하다가 '스몰브랜더'라는 이름을 떠올렸다. 수많은 작은 브랜드와 함께 일해온 우리라면 '스몰브랜더'라는 이름 안에서 할 수 있는 게 정말 많을 것 같다. 함께 일했던 브랜드 대표님들에게 연락하면 바로 일이 생길 수 있지 않을까?

1주 후 — **2주 후** — **1개월 후**

우리의 일을 시작하다 (시내)

수현과 내가 가장 잘할 수 있는 일이자 같은 열정을 가진, 작은 브랜드를 위한 회사를 시작하기로 했다. 이름은 스몰브랜더. 어디까지 갈 수 있을지 모르겠지만, 우선 하나씩 해보자! 영업력을 발휘해 우리의 도움이 필요한 회사에 연락을 했고, 첫 계약을 마쳤다. 감사하고 신난다. 잘해봐야지!

가능성을 찾다 (수현)

우리가 쌓아온 이야기를 책으로 묶을 수 있지 않을까. 여러 출판사에 보내기 전에 우리의 1순위였던 자기만의 방에 원고를 보냈다. 자신 없어서 반신반의한 상태였는데 긍정적인 답이 왔다! 시도해보지 않으면 모르는 가능성들이 정말 많은 것 같다. 우리 앞에 어떤 일들이 더 펼쳐질까? 너무 궁금하다.

회사가 그리워졌다 (시내)

프리 워커로 일하니 매달 월급도, 일도 들쑥날쑥하다. 한 달 뒤가 예측 안 된다는 게 불안하다. 재밌는 일도 있지만, 역시나 하기 싫은 일도 많다. 내가 문제인 건지, 하고 싶은 일을 못 찾은 건지! 익숙한 일을 반복하던, 월급 고민 안 하던 직장인 시절이 그리울 때도 있다. 나와 일의 관계에 대해 끊임없이 고민하며 테스트하고 있다.

2개월 후 — **3개월 후** — **4개월 후**

일만 하려고 퇴사한 걸까? (수현)

퇴사하고 나면 돈을 훨씬 많이 벌어야겠다고 다짐했다. 아침에 눈을 떠서 새벽 1시까지 일하는 날이 이어졌다. 돈을 위해 미친듯이 일만 하려고 퇴사한 걸까? 앞으로 해야 하는 일이 도저히 정리되지 않아서 시내와 함께 워크숍을 갔다. 예약한 호텔에 가서도 일 이야기를 하려고 하니 숨이 턱 막혔다. 우리에겐 휴식이 필요했다. 워크숍은 제쳐두고 푹 쉬고 에너지를 회복하는 데에 집중하기로 했다.

우리만의 공간이 생겼다 시내

집과 카페, 공유 오피스를 전전하다 보니 사무실의 필요성을 느꼈다. 어반 플레이의 공간인 '기록상점'에 입주하고 싶다는 말을 하고 딱 2주일 후, 바로 들어가게 되었다. 구체적으로 상상하니 말하는 대로 이루어지는 걸까?

6개월 후 — 9개월 후 — 11개월 후

뉴스레터를 시작하다 수현

작은 브랜드를 돕고 싶은데 어떻게 하면 더 많은 브랜드에 닿을 수 있을까? 뉴스레터! 우리가 나누는 이야기를 모아 작은 브랜드에 도움을 주는 뉴스레터로 발행하기 시작했다. 우리가 생각했던 타깃을 찾아 홍보했더니 한 달 만에 1천 명의 구독자가 모였다.

수입이 마이너스가 되다 수현

언제나 수입이 들쑥날쑥하다가 급기야 이번 달은 월급이 없다. 수입이 적어진 것도 한몫했지만 세금 부담이 크다. 부가세를 고이 모아놨건만 어디서 계산이 잘못된 건지 사비를 털어 세금을 냈다. 꾸준히 들어올 수익을 만들어야겠다. 하지만 조급해하진 말기!

1년 후

답을 찾아나가고 있습니다 (시내)

1년간 앞만 보고 달렸는데 뒤돌아보니 해낸 것들이 많다. 작은 브랜드의 성장을 도울 기회를 얻었고, 뉴스레터로 우리를 아는 독자들도 많아졌고, 책도 출간하게 되었다. 아직 1년밖에 안 되었고, 여전히 고민이 많지만 왠지 어떻게든 답을 찾아낼 것 같다는 확신이 든다. 1년 전의 내게 걱정하지 말라고 말해주고 싶다.

무엇이든 될 수 있는

구독자 여러분, 그간 소식이 뜸했죠. 마지막 레터에서 저희를 프리 워커로 소개했는데요. 이제는 저희를 '스몰브랜더'라는 회사로 소개해볼까 해요. 지난 1년간 저희 둘은 '스몰브랜더'라는 이름으로 작은 브랜드들과 함께 해왔어요. 언젠가는 프리 에이전트들의 에이전시가 되고 싶었어요. 이제 저희의 바이블이 되어버린 책 『도쿄R부동산 이렇게 일합니다』에서 말한 것처럼 같은 꿈을 꾸는 개인들로 더 규모 있는 일도 하고 싶었답니다.

작은 브랜드를 위한 회사, 스몰브랜더

스몰브랜더라는 이름에서도 알 수 있듯이 작은 브랜드에 대한 사랑과 동경으로 시작한 회사였어요. 저희는 '와디즈'라는 크라우드 펀딩 플랫폼에서 일했는데요. 자신의 브랜드를 시작하는 사람들이 찾아오는 플랫폼이었죠. 크라우드 펀딩에서는 모두가 평등해요. 대기업과 붙어도 스토리와 제품력만으로 작은 브랜드가 더 주목받을 수 있는 곳이죠. 하지만 펀딩은 얼리어답터들에게 실험해볼 수 있는 사업의 첫 시작일 뿐, 시장에서 살아남기 위해서는 어려운 관문들이 남아 있었거든요. 특히나 사업을 처음 해보는 분일수록 펀딩은 성공했지만, 시장에 나가 고전을 면치 못하는 브랜드가 많았어요. 탁월한 제품을 만들지만, 마케팅에는 소질이 없는 대표님들께 해드릴 수 있는 말이 "앵콜 펀딩 하실래요?"밖에 없었던 것이 안타까웠어요. 진심으로 그들을 도울 수 있는 일이 없을까 고민했고, 작은 브랜드가 성공할 방법이 있다고 믿었어요. 그 방법을 찾고자 하는 마음으로 '스몰브랜더'라는 수식어를 저희 이름 앞에 붙였답니다.

회사 이름 대신 다른 수식어를 붙이고 싶어서 퇴사했는데, 왜 다시 회사의 이름을 붙였는지 궁금해하실 수도 있겠어요. '김시내', '최수현'이라는 이름으로 일했어도 프리랜서로 생존할 수는 있었을 거예요. 하지만 둘이 함께 일하는 만큼의 시너지가 나지 않는다는 것을 확인했거든요. 초반 6개월간 저는 마케팅 일을 위주로, 수현 님은 상세페이지 디자인 일을 위주로 각자 일을 맡아서 했어요. 둘이 함께

하는 프로젝트의 비중이 50퍼센트밖에 되지 않았죠. 그러다가 점점 함께할 때 시너지를 낼 수 있다는 것을 알았어요. 저는 클라이언트 앞에서 결과를 발표하거나 영업하는 것을 즐기는 외교가 강점인 사람이었고, 수현 님은 감각이 뛰어나서 결과물의 완성도를 높이는 최상화 강점을 지닌 사람이었거든요. 혼자 일하면 더 빠르게 의사결정을 할 수 있고, 편한 건 사실이에요. 하지만 결과물에 대해 토론하고 합을 맞춰가면서 서로의 시야가 넓어지는 것을 느꼈어요. 의도하고 동업을 시작한 건 아니었지만 언제나 둘이 함께하는 프로젝트는 혼자 하는 것보다 좋은 성과가 나왔답니다.

또 어느 순간부터 둘이서 하는 것이 역부족일 때가 많다는 것을 깨달았어요. 들어오는 일도 하면서 새로운 일도 시도하고 싶은데, 우리 두 사람의 24시간은 한정적이었기 때문이죠. 프리 워커로 일이 끊이지 않는다는 것은 감사한 일이지만, 두 명이 아무리 열심히 일해도 해내지 못할 만큼의 일들이 들어왔어요. 스타트업에서 턱 끝까지 일이 몰아쳐도 어떻게든 우당탕탕 해내는 법은 배웠지만, 거절하는 법은 못 배웠더라고요. 게다가 프리 워커는 회사처럼 월급이 고정적이지 않기 때문에 언제 일이 끊어질지 몰라 하기 싫은 일도 일단 YES라고 말하게 되었고요. 이런 문제를 우리만 겪는 게 아닐 텐데, 아마도 많은 프리랜서가 공감할 문제인 것 같았어요. 그래서 생각했죠 '아, 우리와 같은 프리에이전트 한 명만 더 있다면 얼마나 많은 것을 할 수 있을까? 프리 워커들의 에이전시가 되어 일을 나누면 다음 달 월급 걱정 안 해도 되지 않을까?'

함께여서 가능한 새로운 시도, 스몰레터

그때 세 번째 멤버인 용경 님이 합류합니다. 용경 님은 '아파트멘터리'라는 스타트업에서 일하던 때 와디즈에서 수현 님과 프로젝트를 진행했던 인연으로 알게 된 사이였어요. 퇴사 시점에 우연히 연락이 닿아 두 사람은 티타임을 가지게 되었는데, 일로 만난 사이였지만 서로 합이 잘 맞았던 기억 때문에 프리 워커 모임을 제안했다고 해요. 그렇게 자연스럽게 스몰브랜더의 멤버로 합류하게 되었어요.

전통적인 회사였다면 여러 절차를 거쳐 면접도 보고 신중하게 합류를 결정해야 했겠지만, 저희는 우선 스터디로 느슨하게 관계를 시작했어요. 프리 워커 스터디를 하면서 한 달에 두 번 정도 만나 최신 마케팅, 업계 트렌드 이야기를 나눴어요. 그간 어떤 일을 하면서 보냈는지, 최근에는 어떤 공부를 하고 있는지 나누는 가벼운 시간이었죠. 그러다

스터디에서 오가는 내용들이 우리만 알고 있기 너무 아까운 거예요. 그래서 세 명 모두 작은 브랜드를 돕고 싶다는 가치관 하에 '스몰레터'라는 뉴스레터를 시작하게 되었어요. 지금은 3천 명이 넘는 마케터와 브랜드 대표들이 구독하고 있지만, 첫 시작은 '작은 브랜드의 실무자, 또는 1인 대표에게 도움을 주는 최신 정보를 제공하고 싶다'는 생각이었어요.

지금은 저희가 뉴스레터를 쓰는 콘텐츠 회사인 줄 아는 분들이 있을 정도로 뉴스레터의 파급력은 컸습니다. 좋은 정보를 필요한 사람들에게 공유하고자 하는 순수한 의도로 시도했던 일이었기 때문에 많은 분이 알아봐주셨다고 생각해요. 그리고 무엇보다 혼자서 했다면 할 수 없을 일을 세 명이 모이니까 할 수 있더라고요. 이 과정에서 다시 한번 저희는 팀의 중요성을 실감했답니다. 예전 같았으면 두 명이 감당할 수 없을 큰 규모의 프로젝트도 셋이서 할 수 있고요. 이제야 프리 워커가 아닌 회사가 되었구나 느낀답니다.

저희의 도전은 '퇴사'라는 상징적인 사건으로 시작되었는데요. 퇴사를 하고 창업한 대표님들의 이야기를 들어보면 저희와 비슷했더라고요. "왜 세상에 이런 건 없지?", "나와 같은 가치관을 가진 사람이 있을까?", 더 나은 내일을 위한 도전과 끊임없는 질문으로 저희도 미래를 그려나가고 있습니다.

어떻게 하면 일을 하면서 행복할 수 있을까?
작은 브랜드를 위한 성공방정식은 없을까?
실무자를 위한 마케팅 뉴스레터가 있으면 어떨까?
프리 워커 생활이 너무 힘든데, 프리 에이전트를 위한 회사가 되려면 무엇을 해야 하지?

답을 찾는 것이 아니라 질문으로 시작되었던 저희의 여정을 담은 '**퇴사합니다. 독립하려고요.**' 뉴스레터는 여기서 마무리하도록 하겠습니다. 저희의 이야기가 여러분의 도전에 용기가 되었다면 좋겠습니다. 언제든 우리 또 만나요!

Editor's letter

퇴사와 이어지는 단어로 '이직', '전직', '창업', '갭이어'(『우리는 아직 무엇이든 될 수 있다』 참고), 그리고 '독립'까지 다양할 텐데요. 그게 무엇이든 용기가 필요한 일 같습니다. 그리고 그 용기는 불쑥 튀어나오는 것이 아니라 시내, 수현 님의 이야기처럼 자신에 대해 더 깊이 알고 또 준비하며 쌓이는 것이겠지요. 용기를 쌓고 싶은 주민님들께 이 책이 든든한 편지였으면 좋겠습니다. **희**

'내가 퇴사만 하면…!' 직장인이라면 마음에 품고 있을 법한 대사죠. 저도 해봤는데요. 처음엔 이렇게 야심 차도 막상 퇴사 후 펼쳐진 넓은 바다가 마냥 두려울 때도 있더라고요. 그때 이 책이 기댈 수 있는 동료가 되어줄 거예요. 그러면 다시 바다를 항해할 힘이 생겨날 거라 믿어요. **현**

어디서 '언젠가 잘리고, 회사는 망하고, 우리는 죽는다'라는 말을 들었습니다. 퇴사를 한다고 마냥 행복할 거라고 믿지는 않아요. 하지만 그렇다고 너무 회사만 생각하며 살고 싶지도 않고요. 회사? 퇴사? 독립? 앞으로 주민님들의 일의 형태가 어떻게 될지는 모르겠지만, 고민하고 있는 분들에게 이런 선택지도 있다는 걸 알려드리고 싶었습니다. 내가 가장 일하기 좋은 환경은 무엇일지, 자기만의 방과 함께 나누어주세요! **령**

퇴사합니다.
독립하려고요.

1판 1쇄 발행일 2022년 5월 24일

지은이 김시내, 최수현
발행인 김학원
발행처 (주)휴머니스트출판그룹
출판등록 제313-2007-000007호(2007년 1월 5일)
주소 (03991) 서울시 마포구 동교로23길 76(연남동)
전화 02-335-4422 **팩스** 02-334-3427
저자 · 독자 서비스 humanist@humanistbooks.com
홈페이지 www.humanistbooks.com
시리즈 홈페이지 blog.naver.com/jabang2017
디자인 스튜디오 고민 **용지** 화인페이퍼 **인쇄** 삼조인쇄 **제본** 광현제책사

자기만의 방은 (주)휴머니스트출판그룹의 지식실용 브랜드입니다.

ISBN 979-11-6080-850-6 03810